Filhos de Lilith
O Despertar

Elaine Velasco

Filhos de
Lilith
O Despertar

MADRASTEEN

© 2015, Madras Editora Ltda.

Editor:
Wagner Veneziani Costa

Capista:
Renato Klisman

Revisão:
Silvia Massimini

Dados Internacionais de Catalogação na Publicação (CIP)
(Câmara Brasileira do Livro, SP, Brasil)

Velasco, Elaine
Filhos de Lilith : o despertar / Elaine Velasco. -- São Paulo : Madras, 2015.

ISBN 978-85-370-0946-8

1. Literatura fantástica brasileira I. Título.

15-01389 CDD-869.9

      Índices para catálogo sistemático:
      1. Literatura fantástica : Literatura brasileira 869.9

É proibida a reprodução total ou parcial desta obra, de qualquer forma ou por qualquer meio eletrônico, mecânico, inclusive por meio de processos xerográficos, incluindo ainda o uso da internet, sem a permissão expressa da Madras Editora, na pessoa de seu editor (Lei nº 9.610, de 19/2/1998).

Todos os direitos desta edição reservados pela

MADRAS EDITORA LTDA.
Rua Paulo Gonçalves, 88 – Santana
CEP: 02403-020 – São Paulo/SP
Caixa Postal: 12183 – CEP: 02013-970
Tel.: (11) 2281-5555 – Fax: (11) 2959-3090
www.madras.com.br

Índice

Capítulo 1 7
Capítulo 2 11
Capítulo 3 21
Capítulo 4 29
Capítulo 5 33
Capítulo 6 39
Capítulo 7 45
Capítulo 8 49
Capítulo 9 53
Capítulo 10 57
Capítulo 11 63
Capítulo 12 73
Capítulo 13 77
Capítulo 14 83
Capítulo 15 89
Capítulo 16 93
Capítulo 17 101
Capítulo 18 109
Capítulo 19 117
Capítulo 20 123
Capítulo 21 127
Capítulo 22 137
Capítulo 23 141
Capítulo 24 151
Capítulo 25 155

Capítulo 1

— Ah, Catito, estou com tanto medo! — exclamou ela, enquanto afundava a cabeça no peito dele, puxando a gola da camiseta de Carlos para enxugar as lágrimas que escorriam pelo seu rosto.

Quem será Catito?, Perguntou-se ele, enquanto a envolvia com um abraço receoso, tentando acalmá-la. A pobrezinha estava muito desorientada. De repente, ela o afastou, sacudindo-o pelos ombros e encarando-o com os olhos arregalados:

— Oh, meu Deus! Eu me lembro de você! Nós estudamos juntos no Ensino Fundamental! Seu nome é Carlos e eu acho que nós... nós... — interrompeu-se, enrubescendo.

Dessa vez, quem ficou admirado foi Carlos. Seria possível que ela realmente se lembrasse dele? Ela andava tão confusa e perdida, que às vezes ele achava que Alice era incapaz de se lembrar até mesmo de quem era. Sua aparência deplorável nem de longe lembrava a garota deslumbrante que ele conhecera. E por quem se apaixonara. A simples memória de tal fato o envergonhou. E se ela se lembrasse realmente dele? E se ela lembrasse de quão ridículo ele era, vivendo uma paixonite adolescente não correspondida? E o pior: e se Melissa, sua namorada, descobrisse que Alice se lembrava dele? Até agora ela só tolerara a situação porque Alice parecia não reconhecer nada nem ninguém, era apenas um animal assustado. Ah, e é claro, Melissa a tolerava porque ela salvara sua vida.

– Acho... acho que é melhor que eu não me lembre, certo? – disse ela, interpretando a expressão estampada no rosto dele, dando-lhe as costas.

– Olá, vim ver como Alice está – era Melissa que, escancarando a porta, encheu o quarto de luz, fazendo com que Alice corresse para refugiar-se no canto oposto do cômodo.

– Melissa! Você sabe que ela não suporta claridade! – repreendeu Carlos.

– Ora, me desculpe – disse, com má vontade. – Eu achei que ela já estaria melhor. Ao menos se alimentou?

– Não. Ela passa o dia todo sentada na cama, no escuro, acuada como um bicho ferido. Troquei a bandeja de comida várias vezes, mas ela continua sem tocá-la.

– Ainda acho que deveríamos avisar os pais dela – sugeriu Melissa, analisando Alice demoradamente.

– Ela já disse que não quer. Devemos respeitar sua vontade. Sobretudo você, deve isso a ela – repreendeu ele.

– Mas eu não acho que ela esteja em condições de decidir muita coisa, nesse estado no qual está. Ela nem mesmo sabe nos dizer o porquê de não querer ser encontrada. A família dela está desesperada.

– Se minha família aparece aqui, Ele vai saber que eu estou escondida aqui. Virá atrás de mim – explicou Alice, com o olhar vidrado.

– Ah... agora entendo. Faz sentido. Mas, e se você der apenas um telefonema? Apenas para que eles saibam que está bem. – sugeriu Melissa.

– Não, não, não – respondeu a menina, balançando a cabeça vigorosamente em sinal de negativa, agitando-se.

– Ei, está tudo bem. Não faremos nada que você não queira – acalmou-a Carlos, segurando os pulsos dela com gentileza e obrigando-a a focar seus olhos nele. – Vamos deixá-la descansar.

Carlos arrastou Melissa para fora do quarto, tomando o cuidado para entreabrir a porta apenas o necessário. Assim que ficou só, Alice sentou-se na cama encostada à parede, no canto

Capítulo 1

oposto à porta, abraçando suas pernas, toda encolhida, mirando as pesadas cortinas marrons que impediam que a luz do sol entrasse no cômodo. Por que ela tinha tanto medo do sol? Por que eles feriam tanto sua pele e seus olhos?

    Alice sempre adorou o ar livre. Costumava ter a pele bronzeada e os cabelos bem cuidados. Usava roupas da moda. Era popular, alegre, destemida e expansiva. Amava a vida. Agora, entretanto, era uma sombra do que fora outrora. Escuras olheiras marcavam seu olhar tristonho e sua pele, excessivamente pálida, tinha marcas arroxeadas por toda a sua extensão. Seu cabelo castanho, longo e de suntuosos cachos, precisou ser cortado rente, devido aos dissabores que enfrentara no cativeiro. As roupas que usava, foram emprestadas por Melissa, que além de possuir um gosto duvidoso para escolhê-las, ainda delegara suas piores peças para a antiga rival. Não que Alice se recordasse da rivalidade das duas. Alice possuía arremedos de memórias. Uma coisa aqui e acolá. Às vezes tinha lampejos de percepção e recordava-se de algumas pessoas, eventos e lugares. Mas pouca coisa tinha significado. A única coisa da qual se lembrava nitidamente era Dele. Seu sequestrador. Sempre que fechava os olhos, vinha-lhe a imagem terrível daquele ser de olhos vermelhos, pele branquíssima e cabelos cor de fogo. Ela chacoalhava a cabeça, tentando se livrar desses pensamentos e das sensações que eles traziam. Asco e medo. Muito medo.

***

    Sua memória mais primitiva era a de uma noite escura, em que algo a magoara profundamente, mas o que era exatamente, ela não se lembrava. Apenas se lembrava que tal fato a fez deixar sua casa, sua família, e ganhar as ruas da cidade, inundada pelo desespero, grossas lágrimas escorrendo pelo rosto. Andando sem destino, acabou em uma praça remota, sentada, chorando baixinho. Não ouviu quando ele se aproximou. Não viu sequer de onde ele surgiu.

    – Alice? – perguntou ele, parecendo surpreso ao encontrá-la – Alice Layil?

A garota virou-se para encarar o jovem que a importunava e estacou ao deparar-se com seus olhos vermelhos.

– Sim... Eu o conheço? – perguntou, levantando-se e recuando alguns passos.

– Ah, não... Não me conhece. Mas eu já ouvi falar muito de você. Sou realmente sortudo de encontrá-la aqui, assim, indefesa.

– Como? – disse ela, gaguejando, recuando mais alguns passos.

– Está com medo, menina? Pois deveria estar mesmo – afirmou ele, abrindo um sorriso imaculadamente branco.

Ao ouvir essas palavras, Alice deu as costas àquele homem tão assustador e, mal principiou a correr, foi golpeada na cabeça, caindo inerte no chão.

Capítulo 2

— Não, não, não! – gritava, tapando os ouvidos, quando Carlos entrou no quarto.

— Calma, Alice, calma – disse ele, sentando-se na cama, aproximando-se lentamente dela, evitando fazer algum gesto brusco. Pegou sua mão direita, aconchegando-a entre as suas. – O que houve? Foi ele de novo, não foi?

A garota balançou a cabeça afirmativamente, enquanto lágrimas rolavam pela sua face.

— Você está segura agora. Ele não vai encontrá-la aqui – reconfortou-a. – Veja, eu trouxe algo para distrair você – dizendo isso, mostrou uma pequena televisão de 14 polegadas, que ele trouxera em um pequeno rack com rodinhas.

Soltando as mãos da garota, Carlos levantou-se para colocar o aparelho na tomada e, entregando o controle remoto para ela, tentou puxar conversa:

— O que você gosta de assistir? – perguntou ele, abrindo um sorriso simpático.

Alice pegou o controle entre suas mãos trêmulas e parecia confusa com o objeto. Olhava da televisão para o controle remoto e para Carlos, sem saber exatamente o que ele esperava que ela fizesse.

— Ah, me desculpe, você não deve se lembrar de nada disso, certo? – perguntou ele, percebendo a confusão nos olhos dela. – Deixe-me mostrar.

Quando Carlos apertou um botão e a televisão se iluminou, a primeira reação de Alice foi encolher-se em um canto e proteger os olhos. Entretanto, aquela luz não a machucava. Era uma luz diferente. E... era muito bonita. Imagens definiam-se na tela e vozes variadas falavam sem parar.

– Gosta de novela? – perguntou ele.

Alice permanecia em silêncio apenas admirando a cena que se desenrolava. Duas mulheres tinham uma discussão acalorada e acabaram se estapeando. A garota fez uma careta de reprovação.

– Eu sei. Uma baixaria, não é mesmo? – comentou Carlos, rindo. Apertou outro botão e instantaneamente surgiu um homem sentado detrás de uma bancada anunciando todo tipo de tragédias. Desastres naturais, guerras, violência urbana. – Acho que isso também não vai ser de grande ajuda – disse ele, enquanto mudava novamente de canal.

Dessa vez, ele sintonizou uma emissora espanhola, onde naquele momento era exibido um documentário.

– Hum... Televisão espanhola. Melhor mudar, não vamos entender nada mesmo – porém, quando ele preparava-se para mudar de canal uma vez mais, ela segurou seu braço.

– Espere – murmurou Alice, os olhos vidrados na tela.

– O que foi?

– Essa... Essa língua... Ele... Alejandro...

– Quem? O cara que a sequestrou? O nome dele era Alejandro?

Alice assentiu afirmativamente: – E ele falava espanhol.

– Então, ele deve ser estrangeiro – concluiu Carlos, enrugando a testa – Será que é fugitivo?

Alice encolheu-se, abraçando suas próprias pernas, como sempre fazia quando estava com medo. Carlos não queria pressioná-la, mas precisava descobrir mais sobre esse tal Alejandro. Ele era uma ameça não apenas a Alice, mas para toda a cidade.

– Do que mais você se lembra?

Capítulo 2

— Eu me lembro de ter acordado em um porão escuro, pendurada pelos pulsos em uma viga de madeira, daquelas de casarões antigos. Era dia, mas era muito difícil enxergar naquele breu. O lugar tinha um cheiro forte de mofo e umidade. Ele só aparecia à noite, durante o dia, sempre sumia. Não sei bem o que ele fazia nessas horas.

— E quando estava com você, o que ele fazia?

Alice baixou os olhos, envergonhada. Carlos percebeu que ela não queria tocar no assunto e decidiu não pressioná-la. Não agora que ela parecia estar melhorando. Fazia apenas uma semana que Melissa aparecera com a garota a tiracolo em sua casa, desesperada, pedindo por ajuda. Melissa contou que voltava da casa da avó para sua casa, tarde da noite, a pé, como sempre fazia, afinal eram poucas quadras de distância, e o bairro onde residia era pacato. A rua já estava deserta e a garota assustou-se quando ouviu passos atrás de si. Apertou o passo e percebeu que a outra pessoa fez o mesmo. Sem olhar pra trás, mas com um terrível pressentimento, que fez sua nuca arrepiar-se, começou a correr. Entretanto, bateu em algo sólido, que a deteve abruptamente. Braços fortes seguraram seu braço e assim que ela levantou a cabeça para encarar seu perseguidor, deparou-se com assustadores olhos vermelhos. Abriu a boca para gritar, mas já era tarde. O homem a jogou sobre os ombros e pôs-se a correr em uma velocidade inumana. Melissa via tudo passar diante de seus olhos tão velozmente que sentiu a cabeça rodopiar e o estômago embrulhar. Só despertou horas depois, no banco do passageiro de uma minivan preta, com Alice no banco do motorista, conduzindo o carro velozmente.

— Alice? Meu Deus, você está desaparecida há semanas! O que houve? Quem era aquele homem? Como... — Melissa não teve tempo de completar a frase, pois Alice soltou o volante do carro e começou a gritar, tapando os olhos. Segurando o volante em um reflexo, Melissa gritou: — Alice, pise no freio, o freio!

Alice obedeceu e parou o carro bruscamente. Com o coração aos saltos, Melissa conseguiu convencer Alice a deixá-la guiar o carro. Sem saber o que fazer, bateu na porta da casa de Carlos. O garoto lembrava que a aparência de Alice o chocou muito. Com a roupa toda rasgada, ela estava em frangalhos. Cheirava mal e tinha os pulsos em carne viva. Também estava muito pálida e enfraquecida. Tentaram levá-la ao médico, mas ela teve um ataque histérico à simples menção da ideia. Também não quis que contatassem sua família. Acomodaram-na no quarto vago da casa e esperaram que se acalmasse. Melissa a lavou e vestiu, também tentou alimentá-la, porém ela recusou-se a comer ou beber, fato que ainda persistia. O que muito os intrigava. Como ela não desidratava nem morria de fome? Ela também desenvolveu um medo irracional da luz. Tiveram de colocar grossas cortinas nas janelas do quarto e ela nunca permitia que se acendesse um abajur sequer no cômodo, de onde se negava terminantemente a sair. Melissa não sabia contar exatamente o que houve naquela noite, tinha tem certeza de que Alice a salvara de um destino terrível e por isso concordou que não chamassem a polícia, nem ajuda médica, nem mesmo a família Layil, que procurava por Alice há meses. Agora, ela está mudando de ideia, talvez devido ao fato de Alice não apresentar grande progresso, fato que os angustiava muito. Além disso, tinham medo de que a polícia descobrisse que Alice estava escondida ali e os acusasse de sequestro. Também tinham receio de que esse criminoso voltasse a atacar não apenas Melissa, mas outras garotas inocentes, o que parecia ser o padrão dele. Só de pensar nisso, o sangue de Carlos fervia. Queria ele mesmo encontrar esse desgraçado e dar-lhe uma lição. Mas e se algo lhe acontecesse? Quem cuidaria de Alice? Quem cuidaria desses doces e suplicantes olhos castanhos? Melissa prontamente a entregaria às autoridades ou à família dela. Mas Carlos desconfiava que havia um bom motivo para que ela não quisesse ser encontrada por ninguém. Esse tal Alejandro não parecia um sujeito comum.

 Alice retirou o controle remoto das mãos de Carlos, despertando-o de seus devaneios. Pelo jeito, ela também queria zapear, ou talvez estivesse incomodada com o som da língua espanhola, algo que a lembrava fortemente de seu sequestrador. Mudou de canal até deparar-se com um filme romântico. Abriu um sorriso de satisfação.

– Eu lembro desse filme.

– *Titanic*? Ah, se você não se lembrasse desse, eu realmente ficaria preocupado – zombou ele.

Alice fez uma careta de reprovação para ele, que, resignado, encostou-se à parede, cruzando os braços atrás da cabeça. Afinal, que mal faria assistir *Titanic* pela centésima vez?

Era muito bom finalmente ver algo familiar, mas que, ao mesmo tempo, enchia Alice de ansiedade, por não conseguir lembrar-se dos acontecimentos do filme. Sabia que já o vira inúmeras vezes e teve até mesmo um lampejo de uma sala de estar muito clara, com um tapete bege felpudo e um sofá branco, onde uma garota um pouco mais nova que ela, de cabelos negros e lisos, lhe fazia companhia, enquanto assistiam a esse mesmo filme. Quem seria ela? E por que a lembrança dela a inundava de ternura?

Carlos adormeceu, abraçado a uma almofada, a pouco mais de meio metro dela. Iluminado pela luz azulada da televisão, era possível vislumbrar suas feições. Os cabelos curtos e castanhos claros, a pele bronzeada, o peito largo. Alice ficou fascinada vendo seu peito movimentar-se com sua respiração pausada. Ele parecia exausto, mas também tão em paz. De uma forma que ela nunca mais se sentiria. Alice já não comia, não bebia, não dormia. Não se sentia cansada, nunca. A vida parecia algo vazio e sem cor. Exceto quando ele estava ali. Seu vozeirão tão fraternal e preocupado acalentavam seu coração e ela ansiava pelo momento em que ele finalmente fosse vê-la. O que era aquilo que ela sentia por ele? Qual era a palavra que descrevia isso? Imersa nessas inquietações, aproximou-se lenta e silenciosamente dele, parando a poucos centímetros de seu rosto, inebriada pelo seu cheiro. Um cheiro que ela sentia por baixo do perfume, do cheiro do sabonete e até mesmo do sabão em pó que fora utilizado para lavar suas roupas. Era um cheiro acre que vinha de sua pele. Um cheiro único, que apenas ele tinha. Súbito, começou a ouvir também o som das batidas de seu coração. Lento e ritmado, aquele som vigoroso inundou-lhe os ouvidos e todos os seus sentidos focaram-se nisso. Seus olhos fixaram-se na jugular dele e seu estômago roncou. Sua pele arrepiou-se e um calor inflamou todo o seu corpo. Agora era o som de seu próprio coração que a ensurdecia. Tomada pelo desejo insano de tomá-lo para si, ela refreou-se e lançou-se ao chão, obrigando-se a se distanciar dele. Carlos acordou assustado com o barulho do baque que o corpo dela contra o assoalho provocou:

– Alice? O que houve? – perguntou ele, agachando-se na direção dela e estendendo a mão para alcançá-la.

– Não, Carlos, não me toque! – gritou ela, mas já era tarde. Com a mão direita ele tocou sua face e uma onda de eletricidade percorreu seu corpo. Um turbilhão de lembranças a tomou de assalto.

Viu um rapaz franzino, de óculos, sentado na última carteira, no canto da sala de aula. Calado e tímido, era motivo de chacota para todos os colegas. Os garotos o provocavam o tempo todo, dando-lhe apelidos pejorativos, e as garotas zombavam dele com desdém. Embora tivesse pena do garoto, Alice nunca o defendeu. Era uma das poucas que conversava com ele, muitas vezes por interesse, para emprestar o caderno ou colar dele na prova, pois quando ele a procurava para conversar sobre outros assuntos, ela sempre encontrava uma maneira de esquivar-se. Certo dia, um dos meninos da turma descobriu que aquele menino estranho era apaixonado por Alice. Em uma festa da turma, resolveram convidá-lo e a desafiaram a dar um beijo no pobre rapaz. Frívola, aceitou a ideia, apenas para ganhar uma aposta. Chamou-o para dançar e o seduziu, surpreendendo-o com um beijo. Para ela, aquilo não teve importância. Para ele, foi o veneno que o magoou por muito tempo ao vê-la desfilando de braço em braço com os rapazes mais populares da cidade, que nunca se importaram com ela ou com seus sentimentos. Carlos só esqueceu Alice quando conheceu Melissa, a garota de cabelos ensebados e de vaidade zero.

– Catito mio! – exclamou Alice, encarando Carlos. – Me perdoe! Eu nunca soube...

– Você viu isso? – Carlos arregalou os olhos e se afastou, tomado de vergonha e assombro. – Mas, como?

– Eu não sei. Oh, meu Deus, o que está acontecendo comigo? – desesperou-se a garota.

Embora tentasse se manter calmo, Carlos também estava confuso. Sentiu vontade de abraçar a garota e confortá-la, mas teve medo. Se com um simples toque ela conseguira "ver" todos os acontecimentos que marcaram a relação dos dois, o que aconteceria se ele a tomasse em seus braços? O que ela veria em seu coração?

– Eu acho melhor você tentar descansar agora, Alice. Já a importunei demais por hoje – disse ele, dirigindo-se à porta.

A garota sentiu ímpeto de pedir que ele ficasse, pois não queria ficar sozinha, mas também estava constrangida com o que vira na mente dele e pela forma como o tratara antigamente. Sentiu-se mal também por ter nutrido, mesmo que por instantes, um ardoroso desejo de tomá-lo para si. Ele era namorado de Melissa, a menina que ela ajudara e que a levara até ali, fornecendo-lhe abrigo e proteção.

Ainda se lembrava de quando Alejandro chegou com Melissa jogada por sobre os ombros, como se ela fosse um pacote.

***

Trazia no rosto de assassino um sorriso de satisfação. Jogando o corpo inerte da garota aos pés de Alice e colorindo o chão de dourado com os longos cabelos loiros da menina, Alejandro aproximou-se para finalmente soltá-la da viga na qual a mantinha presa durante todo o dia .

– *Trouxe-lhe um presente – disse ele, indicando Melissa.*

– *Um presente?! – exclamou Alice, esfregando os pulsos doloridos.*

– *Desculpe-me por isso – disse ele, indicando os pulsos marcados da garota. – Mas depois que você completar a transição, eles se curarão rapidamente.*

– Transição? Do que você está falando?

– Ora, o que pensa que estou fazendo com você por todo esse tempo, mia cara? Vou transformá-la em uma igual para mim. Uma companheira. Uma bela moeda de troca – pegou um dos longos cachos de Alice e enroscou-o carinhosamente no dedo indicador, brincando com ele. – Será bonita como nunca. E o mais importante: será jovem para sempre.

– Eu, ser como você? Nunca! – protestou a menina, desvencilhando-se dele.

– Não acho que você tenha muita escolha. Vai ficar aqui enquanto eu quiser – ameaçou ele, franzindo o cenho. – Agora, alimente-se – ordenou, indicando Melissa novamente.

– Alimentar-me? Como? Dela? – perguntou, enojada.

– Sim, dela. É preciso para completar a transição.

– Eu não vou me tornar uma assassina. Você está louco!

– Ah, vai sim. É só uma questão de tempo. Vou deixá-la aí. Em algum momento a fome irá vencê-la – dizendo isso, subiu as escadas que levavam para fora daquele fétido cômodo.

Alice olhou para Melissa desfalecida no chão e sacudiu a cabeça negativamente. Jamais faria o que aquele insano lhe ordenara. Ao invés disso, analisou pela enésima vez o cômodo onde se encontrava. Era sem dúvida alguma um porão, localizado abaixo de algum casarão antigo. A única saída era a pequena escada de madeira que conduzia até um alçapão, pelo qual Alejandro acabara de sair. Durante o dia, ele costumava sair, retornando sempre antes que anoitecesse, período no qual se dedicava a torturá-la. Porém, ainda era noite, e pelo som que vinha do andar superior, ele acabara de sair novamente e pela primeira vez, a deixara solta. Provavelmente ele presumiu que Melissa lhe seria mais atraente que a fuga. Certamente achou que já havia quebrantado sua força de vontade e que a fome suplantaria tudo o mais. Entretanto, Alice tinha outros planos. Ia escapar dali. Porém, não podia deixar Melissa para trás. Ela parecia ter a mesma idade que Alice e lhe era vagamente familiar. Seria difícil escapar dali, levando a menina inerte, mas Alice não podia abandoná-la à mercê daquele monstro. Arrastou-se até a escadinha e experimentou a porta do alçapão, que, óbvio, estava trancada por fora. Frustrada, deu um soco na portinhola e ela surpreendentemente cedeu. Apesar de surpresa com a própria força, Alice não ponderou muito sobre o assunto, pois queria aproveitar a chance para fugir. Pegou Melissa e jogou-a sobre o ombro direito, saltando para fora do porão em um salto extremamente ágil e alto. Mais uma vez, a garota surpreendeu-se, mas não quis perder tempo. Analisou o lugar onde estava e o julgou familiar. Era um casarão antigo, com pé direito muito alto, janelas e portas imensas e todos os móveis estavam cobertos com lençóis brancos e uma fina camada de poeira, denotando que o local estava abandonado há algum tempo. Ela estava parada no que parecia ser a cozinha, equipada com fogão a gás e também um fogão a lenha. Instintivamente dirigiu-se a uma porta lateral, que, ela sabia, dava acesso à garagem. A garagem era uma ampliação relativamente nova, mas conjugada à casa. Era feita para abrigar dois carros, no entanto, só havia uma minivan coberta com uma capa.

Ele deve ter levado o outro carro, ponderou Alice. Por que tudo isso me é tão familiar? Onde eu estou afinal? E o que ele fez comigo? Não consigo me lembrar de nada!

Apressou-se em tirar a capa do carro e jogar Melissa no banco do passageiro, em seguida assumiu o volante e saiu em disparada, ganhando a estradinha de terra que se estendia ao longo da propriedade.

Estamos fora da cidade – constatou ela –, em uma fazenda. Faz sentido, é isolado e perfeito para se esconder alguém.

***

Recordando-se desses fatos, Alice sentiu uma energia percorrer seus músculos e sentiu novamente aquela força e vigor invadindo seu corpo. Apoiou os pés no chão receosa e caminhou lentamente até a janela. Tocou as cortinas com as mãos trêmulas e, respirando fundo, as escancarou em um gesto rápido e único. Era noite de lua cheia e o céu estava límpido, repleto de estrelas. A luz da lua a banhou por completo, mas essa luz não a feria. Era uma luz boa, uma sensação gostosa. Alice vivera no escuro por tempo demais. Sem pensar, abriu a janela e num pulo estava pisando a grama do quintal. Era tão bom sentir a terra sob seus pés. A brisa noturna tocando sua face. O cheiro de "dama-da- noite". Nem percebeu que se aproximara do muro alto que circundava a propriedade. Franzindo o cenho, contrariada, mirou o muro que a impedia de saborear completamente aquela deliciosa noite de verão em liberdade, após tanto tempo. O muro tinha dois metros de altura, mas ela facilmente o transpôs, em um único salto. Já era alta madrugada e a rua estava vazia. Ouvia-se ao longe apenas o som de corujas piando e cachorros latindo. Porém, Alice sabia que podia ouvir mais, concentrando-se um pouco. Uma televisão ligada em uma casa próxima. Um homem "assaltando" a geladeira. Um adolescente batendo suavemente no teclado de um computador. Um casal fazendo amor. Alice sorriu, constrangida. Decidiu então focar-se em outro sentido. Apesar da luz do luar e dos postes, era difícil enxergar nitidamente nas copas das árvores. Isso para alguém comum. Mas Alice já não era mais um ser humano comum. Concentrou-se nos galhos altos de uma frondosa sibipiruna localizada a alguns metros de distância e conseguiu distinguir uma coruja pousada em um galho. Movendo-se velozmente, atingiu a base da planta e, escalando a árvore com a graça de um felino, agarrou a ave, esmagando-a com a mão direita, sentindo seus ossos se quebrarem e sem lhe dar tempo de emitir um só lamento. Chocada com a própria brutalidade, deixou o pássaro cair no chão pesadamente. Ficou empoleirada no galho, observando a criatura morta abaixo de seus pés. Sentia uma onda de energia percorrer seu ser e isso a inquietou. Sua mão formigava e, estranhamente, sentia uma sensação de prazer. Alice sempre fora frágil e delicada, incapaz de matar uma barata, e agora não conseguia compreender o que motivara tal ato insano de sua parte. Sentiu pena da coruja e, descendo da árvore, pegou o pobre animal nas mãos e o sepultou aos pés da árvore.

Capítulo 3

Alice estava mudando e sabia disso. Tinha força e velocidade sobre-humanas. Ouvia, enxergava e sentia odores de forma muito aguçada. Não comia, também não dormia. A luz do dia lhe causava pânico, feria sua pele e seus olhos. Afinal de contas, o que havia de errado com ela? O que aquele maldito havia feito com ela? Por que ela não conseguia se lembrar? Estava imersa nesses pensamentos, receosa de aproximar-se da janela, por onde a luminosidade externa penetrava, evidenciando que já era dia, quando ouviu Melissa adentrar a casa com violência, respiração entrecortada, coração acelerado, suando.

– Você não vai adivinhar quem eu encontrei hoje na rua – principiou Melissa, quase aos berros, evidentemente abalada.

– Quem? – perguntou Carlos, despretensiosamente.

– Ester Layil. A irmã de Alice.

– E...?

– E, ela me contou que a família está desesperada à procura de Alice, porque ela estava muito doente quando desapareceu.

– Doente?

– É, Carlos, ela está com leucemia. Estava em tratamento. Havia feito transplante de medula, mas ainda estava em fase de recuperação, não se sabia ainda se de fato ela estava curada, se haveria rejeição ou não.

Carlos ficou em silêncio, digerindo aquelas palavras. Alice com certeza não estava bem, mas, por algum motivo, ele não achava que o seu problema procedia de uma enfermidade. Havia algo mais... complexo, mais estranho.

— Você não vai falar nada, Carlos? Você me ouviu? Ela está doente! Com uma doença grave, fatal. Precisa de tratamento, precisa de cuidados médicos. A família está desesperada. Nós precisamos contar a verdade a eles! Precisamos entregá-la a eles!

Desviando o olhar e fitando o chão, ele pensou por um longo momento e respondeu, sucinto:

— Não.

— Como não? Você está maluco? — Melissa ficou histérica. — Ela pode morrer, Carlos! Aqui, na sua casa! A polícia está atrás dela! Como nós vamos explicar isso tudo? Ela não come, não dorme, provavelmente está delirando, por isso não quer que chamemos os pais!

— Melissa, você não está entendendo. Isso está fora de questão. A decisão cabe a ela — concluiu ele, dando o assunto por encerrado.

Melissa ponderou por um instante:

— Ela te enfeitiçou, não é isso? — declarou, enfurecendo-se. — No fundo, você continua sendo aquele menino bobo do Ensino Fundamental, apaixonado por Alice Layil, a garota mais popular da escola. Percebe como isso é patético, Carlos?

— O que? Agora quem está perdendo o juízo é você, Melissa. Quanta bobagem!

— Ah, é? Então olhe nos meus olhos e me diga que essa proximidade e convivência toda com Alice não trouxe à tona sentimentos e esperanças adormecidos! Vai, diz para mim — aproximou-se dele e o forçou a encará-la.

Carlos conteve-se por um momento, mas logo abaixou a cabeça e deu-lhe as costas.

— Você está sendo ridícula.

— Você é quem está sendo ridículo, Carlos. E quer saber? Se você vai fazer isso, faça-o sozinho. Não conte mais comigo nessa loucura. Sei que devo a vida a Alice, mas não posso tolerar

Capítulo 3

isso que vocês, ou melhor, que você está fazendo, porque pelo jeito todo aquele terror que ela vivenciou nas mãos daquele maníaco deixou a pobre coitada totalmente fora de si. Muito me surpreende você aproveitar-se desse estado dela para realizar seus ideais de amor platônico adolescente – declarou ela, com a voz embargada, dirigindo-se para a porta da frente, fechando-a atrás de si, pesarosamente.

Carlos deveria tê-la seguido, deveria tê-la impedido de ir embora, ter falado que a amava e que não havia motivos para que ela desconfiasse dele ou sentisse ciúmes. Mas ele não pôde. Seus pés permaneceram fincados no chão e seus olhos ficaram fitando a porta por onde Melissa saíra por um longo tempo.

Naquela noite, quando Carlos foi levar comida para Alice – ritual que ele repetia três vezes ao dia, religiosamente, mesmo que os pratos continuassem invariavelmente imaculados –, encontrou-a de pé, recostada à janela, com a cortina aberta, observando o céu noturno. Ela estava muito pálida, mas parecia mais bem disposta.

– Eu sinto muito – disse ela, assim que ele abriu a porta.

– Por quê?

– Por criar problemas para você e Melissa. Isso não é justo. Vocês me ajudaram tanto e eu só tenho lhe causado transtornos. Talvez ela esteja certa. Talvez eu devesse voltar para casa, acalmar meus pais.

– O que ela disse é verdade? Você realmente estava doente quando tudo aconteceu?

– Eu não sei dizer. Lembro de pouca coisa. Alguns flashes de vez em quando. Mas eu não me sinto doente. Pelo contrário, nunca me senti tão bem.

– Então... você ouviu toda a conversa.

– Ouvi. Desculpe, mas ela estava gritando.

– Mentira. Alice ouvira tudo porque sua audição estava mais apurada, mais refinada, captando coisas que dantes não captavam.

– Está tudo bem. Não ligue para ela, não vai voltar mais.

– Não? Então, vocês... tipo, brigaram, terminaram? É definitivo? – perguntou ela, tentando disfarçar uma certa esperança e ansiedade na voz.

– Acho que sim. Melissa e eu já tivemos problemas demais. Ela é muito insegura e eu... Bem, eu não sei se é isso mesmo que eu quero, sabe?

Alice ficou feliz com a notícia, mas ao mesmo tempo sentiu-se culpada. Sentia-se em dívida com Melissa e não era justo sentir-se assim a respeito do namorado dela. Assim... tão atraída por ele. Não era certo sentir aquela vontade excruciante de tocar sua pele, sentir seu cheiro, ouvir sua pulsação bem próximos ao seu corpo...

– Tem certeza de que não quer mesmo comer? Trouxe yakissoba. Que eu me lembre você gostava. – disse ele, colocando a bandeja em cima da cama e despertando-a de seus devaneios.

– Hã? – Alice olhou para o prato de comida, mas sentiu o estômago revirar só de olhar para ele. – Não, obrigada.

– Sabe, Alice, eu não concordei com a ideia de Melissa simplesmente porque acho que há algo... estranho acontecendo com você. Eu não sei dizer o que é, mas eu sei que há – disse ele, aproximando-se dela.

A garota continuou imóvel, sem saber o que dizer. Nem mesmo ela sabia o que estava acontecendo, como lhe explicar?

– Eu só fiquei chateado – continuou ele – quando ela insinuou que eu estava me aproveitando de você, da sua fragilidade, da sua confusão. Isso não é verdade, eu quero ajudá-la. É verdade que eu fui apaixonado por você no passado, como você mesma viu na minha mente, não sei exatamente como, mas isso foi antes, foi criancice...

A pulsação dele se alterou e Alice também percebeu que ele começou a transpirar nervosamente, evitando encará-la. Ele estava mentindo. As palavras lhe faltaram, deixando apenas um silêncio quase palpável entre eles, uma tensão no ar. Carlos parecia um bicho acuado, sem saber o que fazer ou o que falar.

Capítulo 3

Estava na defensiva e tudo que mais queria naquele momento era sair correndo dali. Seu instinto lhe dizia que era o certo a ser feito, mas ele não lhe deu ouvidos. Permaneceu ali, parado diante dela.

Alice regozijou-se com o fato de vê-lo assim, tão vulnerável, tão entregue. Parecia-lhe uma presa. Lembrou-se vagamente do pai contando uma história quando ela ainda era criança, sobre como a cobra hipnotizava e paralisava o pobre sapo, que ficava parado, apenas aguardando o bote fatal. Afastou essa lembrança repentina e incômoda e, sem raciocinar mais, venceu a distância que os separava e finalmente colou seus lábios aos dele, que retribuiu seu beijo de forma urgente, faminta. Ele havia esperado muito por esse momento, por ver nos olhos de Alice tanto desejo, tanta vontade de tomá-lo para si.

Carlos a abraçou com força, desejando nunca mais deixá-la sair dali, do refúgio seguro de seus braços. Queria protegê-la, mantê-la a salvo de todos os perigos e temores. Uma onda de calor o incendiou quando ela acariciou, com suas mãos delicadas e pequeninas, seu peito forte e másculo, sob a camisa. O carinho se tornou selvagem, quando ela colocou nele mais pressão e apertou seu corpo junto ao dele, moldando-se, colando-se ao dele. Num gesto brusco, ela tirou a camiseta dele, interrompendo o beijo ardente por um instante e encarando-o. Os olhos dela faiscavam e Carlos teve a impressão de ver um lampejo de vermelho neles. Ela o arremessou na cama com um empurrão, era extremamente anormal uma garota tão pequenina possuir tanta força num braço só. Porém, ele estava envolvido demais para aperceber-se disso tudo, não conseguia desviar o olhar enquanto ela desabotoava a velha camisa que usava e deixava à mostra seu pálido corpo nu. Sob a luz do luar, sua pele parecia brilhar de tão alva, de tão perfeita. Seus cabelos já haviam crescido um bom tanto e alguns cachos escorriam pelo seu pescoço. Inclinou-se sobre ele e recomeçou um beijo desesperado, encostando seus seios perfeitos no peito descoberto dele, fazendo-o se arrepiar e gemer, contorcendo-se. Agarrou-lhe os cabelos com violência e pressionou mais os lábios contra o dela, louco de desejo. Desvencilhando-se de seu aperto, ela desviou sua atenção para o peito dele, que começou a beijar e mordiscar levemente, abaixando-se lentamente, até chegar ao cós da calça jeans que ele usava. Tratou de livrar-se das peças de roupa que ainda lhe restavam, enquanto ele tentava protestar:

– Alice, não, não devemos...

– Shiu... – fez ela, enquanto voltava a beijá-lo.

Ele não tentou oferecer mais resistência, era inútil. Sua mente dizia que aquilo não era certo, mas seu corpo reagia ao toque dela como jamais o fizera antes. Não tornou a protestar, mesmo quando ela se encaixou nele, movendo-se suavemente.

Para Alice, as sensações eram indescritíveis. Nunca se sentira tão forte, tão viva quanto naquele momento. Sentia uma energia fluir do corpo dele para o dela, nutrindo-a, saciando. O som das batidas do coração dele tornaram-se ensurdecedoras e ela já não podia mais ignorá-las. E o sangue. O cheiro do sangue a enlouquecia, a transtornava. Deitou-se sobre ele e cravou os dentes afiados em seu pescoço, abrindo sua carne, alcançando sua jugular, interrompendo o fluxo sanguíneo para seu coração. Começou a sugar seu sangue quente, doce, revigorante. Só percebeu o que estava fazendo quando o percebeu inerte e frio sob ela.

Imediatamente levantou-se e o olhou, imóvel, tombado na cama. Meu Deus! O que fizera? Que tipo de monstro ela havia se tornado? Uma palavra ecoou em sua mente: VAMPIRO.

Saiu desabalada pela janela, em poucos passos alcançou o muro e o pulou, saindo em disparada, sem nem se incomodar com o fato de estar nua. Estava atormentada. Horas de terror tingidas de vermelho voltaram à sua mente. Foi isso o que aquele monstro fez comigo! Foi isso! Primeiro se alimentou de meu sangue, depois me obrigou a... a...

Alice só ouviu o barulho da freada brusca e de uma moto deslizando no asfalto. Deteve-se, despertando de seus tormentos, a tempo de ver o corpo do motociclista chocar-se contra o chão. Ficou ali, parada no meio da rua, olhando para aquele estranho rapaz atarracado, de cabelos e pele morena e olhos negros que a reconheceram.

– Alice? Meu Deus, é você? – balbuciou ele, tentando mexer-se apesar dos muitos ferimentos que a queda lhe causara.

Um nome atravessou sua mente, um ato de reconhecimento. Tiago. Ele lhe era querido, mas ela não lembrava o porquê, nem como, nem quando. Isso, entretanto, não era importante, ela julgou, quando se lembrou de Carlos e de tudo o que havia ocorrido. Pegou a moto caída a poucos metros dela, colocou-a em pé e, montando nela com muita presteza, abandonou-o, cheio de interrogações e assombro.

– Espere, aonde você vai? Alice, volte aqui! – gritou ele, inutilmente, para o vazio.

Capítulo 4

Acelerando a moto até seu limite máximo, saiu rapidamente da zona urbana de Itapeva, ganhando a estrada que levava à capital. Fugia, fugia sem saber exatamente do quê. Sua mente estava embaralhada e seu corpo parecia que ia explodir, repleto de energia e calor, levados pelo sangue que seu coração bombeava dolorosamente pelo seu corpo. Sangue que não era o seu. Sangue de Carlos.

Um caminhão vindo na pista oposta, por onde ela ultrapassava um ônibus, lhe despertou de seus devaneios e ela rapidamente conseguiu jogar a moto no acostamento, com reflexos sobre-humanos. A moto derrapou e a jogou de costas no barranco que ladeava a estrada com violência, quebrando-lhe muitos ossos, rasgando sua carne. O caminhão parou logo adiante e uma mulher desceu desesperada para socorrê-la. Tratava-se de uma mulher de meia-idade, alta e forte. Ficou desesperada ao ver a situação da garota que tombava inerte no asfalto.

– Oh, meu Deus! A moto surgiu do nada... Não deu tempo... – balbuciava Maria, enquanto se aproximava da menina.

Quando Alice levantou-se e principiou a caminhar em sua direção, o desespero da mulher deu lugar ao assombro. Maria não podia acreditar em seus olhos. Com um simples movimento, os ossos dilacerados do corpo dela pareciam voltar ao lugar e sua pele fechava-se sobre imensos rasgos, não deixando uma cicatriz sequer.

– O quê? Como?

Foram as últimas palavras de Maria que no instante seguinte foi derrubada pela garota de corpo diminuto, atingida em cheio no peito pelos dois pés da menina e pelo peso de seu corpo, acompanhado de uma força inacreditável. Alice cravou suas presas no pescoço da mulher e, rasgando sua pele, alimentou-se do doce e poderoso sangue que corria em suas veias. A sensação era maravilhosa. Ondas de prazer, êxtase e poder percorriam seu ser, restaurando-lhe as forças e também dolorosas memórias, que, mescladas às de Maria, invadiam sua mente.

Viu Maria jovem, vestida de noiva, casando-se com um homem viril e forte, de feições grosseiras, viu a mulher com um bebê recém-nascido no colo, amamentando-o. Viu quando o homem partiu e Maria foi obrigada a trabalhar para sustentar a si e a Fernanda, sua filhinha. Sentiu o ódio e a dor do abandono quando um nome veio à mente da agonizante mulher: Guilherme. Esse era o nome do crápula. Aquele que a deixou e que, por sua causa, Maria agora estava ali, naquele trabalho pesado, cortando o país para fazer entregas no prazo. O último pensamento da jovem senhora voltou-se para sua filha, agora uma adolescente, e para Deus, a quem suplicou que cuidasse de sua menina, agora que ela já não poderia mais.

Alice soltou o corpo no chão, deixando uma lágrima escorrer por seu rosto. Maria não voltaria mais para casa. Nem ela. Jamais adentraria novamente o sobrado branco de seus pais ou ouviria suas vozes. Uma dor lancinante atravessou sua cabeça, fazendo-a curvar-se diante de tal pensamento. Por um breve instante, vislumbrara nitidamente a casa onde crescera. O muro de pedras, o jardim, a varanda. Mas ela não podia voltar. Era um monstro agora. Já não pertencia mais àquele lugar.

Recobrando-se, olhou para a mulher morta a seus pés e analisou a roupas que ela usava. Ficariam enormes, sem dúvida, mas não tinha escolha. Vestiu a calça jeans e a camisa da morta, antes de jogá-la em um desfiladeiro pouco adiante, onde demoraria alguns dias para que fosse encontrada.

Capítulo 4

Entrou no caminhão e pôs-se a analisar todos aqueles comandos confusos. Não fazia a menor ideia de como se dirigia um veículo daqueles. Entretanto, Maria, sua mais recente vítima, sabia muito bem e pouco a pouco as memórias de como se dirigiam o caminhão assaltaram-lhe a mente. Ligou a chave, engatou a marcha e deu partida no monstruoso automotor.

As memórias que roubara de Carlos e também de Maria somavam-se às suas, sobrepondo-se, e ela já não sabia mais o que era real, o que lhe pertencia e o que pertencia aos outros. Ligou o rádio, tentando espairecer, limpar a mente e apenas saborear a energia que fluía prazerosamente por todo o seu ser.

Os primeiros raios de sol começaram a despontar quando ela atravessava a cidade de Sorocaba. Sentiu seus olhos arderem e um cheiro de pele queimada invadiu-lhe os sentidos. O cheiro de sua pele sendo queimada pelo sol. A luz a cegava e tornava-se cada vez mais difícil enxergar. Acelerou para fora da cidade e, ao encontrar um descanso de caminhoneiros, estacionou o veículo. Fechou as cortinas meticulosamente de toda a cabine e pulou para a pequena cama que ficava logo atrás do assento do motorista. Fechou as cortinas que separavam o dormitório improvisado, cobriu a cama com todos os cobertores que encontrou, deixando-os rente ao chão, de modo que pôde acomodar-se embaixo do abrigo improvisado, protegida tanto quanto possível do sol.

A noite anterior havia sido tão agitada que ela se esquecera do incômodo que o sol lhe causava. Agora entendia que era mais que um incômodo. O sol poderia ser fatal agora que estava totalmente transformada. Mas transformada em que exatamente? Por quem? E por quê? Quem a teria transformado naquele ser sugador de sangue e a abandonado à própria sorte, sendo um risco para ela mesma e para os outros? Apesar de duvidar muito que algo pudesse machucá-la de fato, a não ser pelas lembranças que volta e meia surgiam em sua mente.

Um sobrado branco. Uma mulher parecida com ela, só que mais velha. Sua mãe?

Um homem, tão familiar, tão presente. Seu pai? Por algum motivo, sabia que não. Esse homem não era seu pai. E esse pensamento esmagava-lhe o peito.

Atormentada por tais inquietações e dúvidas, entrou em um sono profundo, sem sonhos ou pesadelos.

Capítulo 5

Pousada na abóboda da nave central da Catedral da Sé, agachada, Alice observava sua presa. Suas pupilas de criatura da noite, dilatadas para enxergarem o que os olhos humanos não podem ver. Ventava muito ali em cima, mas isso não a incomodava, perdeu a capacidade de sentir tais sensações quando perdeu sua vida nas mãos daquele facínora que a trouxe para essa maldita vida noturna. O vento brincava com seus cabelos encaracolados e também com seu sobretudo preto, que a ajudava a se camuflar ainda mais na escuridão.

A praça debaixo de seus pés estava movimentada, com usuários de drogas indo e vindo, desesperados, prontos a darem suas vidas por mais um cigarro, mais uma pedra, mais uma dose. Anônimos, prisioneiros do vício, esquecidos pela sociedade. Alice apertou os olhos ao pensar que eles não sabiam aquilatar o que estavam jogando fora, o que estavam desperdiçando: a vida. Ela daria tudo para poder voltar a ser como era antes. Uma garota feliz, alegre, que sabia aproveitar tudo o que a vida tinha de bom. Balançando a cabeça, tentou afastar tais pensamentos, pois nada voltaria a ser como antigamente. Seus olhos acompanhavam os movimentos de outro predador que rondava por ali, um alguém que não estava ali para tentar satisfazer uma necessidade ardente, como os viciados, mas sim estava ali para explorar o desespero alheio. Todos o procuravam com avidez, dando-lhe seus poucos e parcos pertences, que eles ganharam ou roubaram naquele dia mesmo, em troca da droga mais desesperadora de todas: o crack.

Tratava-se de um rapaz alto, forte, moreno, que não tinha o menor pudor ou piedade em explorar seus semelhantes, pouco se importando com o destino incerto de seus "clientes". Alice observava-o despachar uma garota magra, muito magra, pele e osso apenas, de cabelos ensebados e vestindo trapos, que oferecia o próprio corpo, desesperada, em troca de uma pedra. Ele a insultou e repeliu, algo que Alice captou com sua audição super aguçada, aumentando ainda mais o asco que ela sentia por tal criatura.

Após deixar a garota, o rapaz se afastou, para se reabastecer. Ele tinha algumas pedras escondidas em uma reentrância ao lado da catedral, um local ermo e escuro, localizado entre a igreja e o fórum. Era a chance que Alice aguardava. Quando ele desapareceu da vista de todos e se enfiou no escuro beco para pegar mais mercadoria, ela girou o corpo na direção dele, esperando que estivesse distraído, para pegá-lo desprevenido, o que não demorou para acontecer, assim que ele enfiou a mão na pequena fissura da parede e se contorceu para pegar seu tão bem escondido tesouro. Foi então que ela atacou, saltando daquela altura impressionante sobre ele, o sobretudo esvoaçando, criando a sinistra aparência de asas, dando a impressão ao rapaz de que ele estava sendo atacado por um anjo negro, um demônio. Ele ainda teve tempo de sacar a arma que trazia na cintura e acertar-lhe um tiro, antes que ela pousasse no chão, poucos metros à sua frente.

A bala atingiu em cheio a barriga de Alice, que, para espanto do traficante, apenas sorriu, caminhando lentamente em sua direção, sem se abater.

– Oh, meu Deus, o que é você? – perguntou assustado, observando um pequeno rastro de fumaça sair do buraco que a bala fez no corpo da jovem à sua frente.

– Sou sua morte. Você, seu traficante nojento, que trouxe a morte a tantos com seu veneno, agora vai ter o mesmo fim que seus clientes. Infelizmente, ela não será tão lenta quanto eu gostaria, mas garanto que você irá sofrer muito.

A lua iluminou o rosto de Alice por um instante e ele percebeu o quanto ela era bela. Sua pele pálida e os lindos olhos verdes da menina esguia, emoldurados pelo cabelo cacheado e castanho, davam a ela uma beleza sobrenatural, o que reafirmou para ele a convicção de que ela não era humana. Esse, porém, foi o último pensamento conexo que ele teve, antes que ela o agarrasse pelo pescoço e o suspendesse um pouco acima de sua cabeça, algo impressionante, pois aquela delicada menina não aparentava possuir força o suficiente para erguer uma folha; entretanto, ela tirou seus pés do chão sem dificuldade e o encostou na parede, abrindo a boca e deixando à mostra grandes caninos brancos, o que fez a alma do rapaz gelar. Uma tola conclusão esvoaçou pela sua mente, enquanto ele a encarava de olhos arregalados, a mão apertando mais sua garganta, tornando difícil respirar:

– Vampiro!

Sorrindo ao perceber que o traficante deduziu sua verdadeira natureza, Alice cravou os dentes no pescoço do jovem, sorvendo seu sangue e também suas lembranças, enquanto ele se debatia. Viu uma casa luxuosa em meio a uma favela, uma jovem loira, de seios fartos, um carro caro, tudo financiado pelo dinheiro do tráfico. Enojada, jogou o corpo do traficante no chão, sem uma gota de sangue nas veias, os olhos escancarados, ainda cheios de pavor. Ninguém iria se importar. Para a polícia, seria um verme a menos no mundo, uma mera estatística a mais na crescente escala de violência que assolava a cidade. Quanto à jovem loira das lembranças dele, bem, ela agora teria de arranjar outro para explorar.

– Bravo! – Ela ouviu alguém bradar atrás de si, batendo palmas.

Surpresa, virou-se rapidamente e deu de cara com uma garota, que aparentava ter mais ou menos sua idade, de cabelos lisos e negros, pele tão branca quanto a sua, baixinha e esguia e cujo coração Alice não conseguia ouvir. Apertando os olhos e cerrando os punhos, ela concluiu que a estranha garota também era uma criatura da noite como ela. Perplexa, não se moveu quando a menina se aproximou dela e analisou o cadáver a seus pés.

– Genial sua ideia. Alimentar-se de moradores de rua e bandidos menores, cujo sumiço ninguém irá notar. Devo admitir que, para uma recém-criada, você é muito perspicaz.

– Quem é você? – perguntou Alice, colocando uma nota de perigo na voz.

– Ah, que grosseria a minha. Pode me chamar de Carol – disse ela, estendendo a mão para Alice.

Em um gesto automático, Alice apertou sua mão e percebeu que era gelada, muito gelada, como a mão de um morto. A mão de Alice ardia quente, devido ao sangue recém-sugado do traficante que agora corria em suas veias prazerosamente.

– Como pode ver, eu sou como você. Também sou uma vampira e é um prazer finalmente encontrar alguém da minha espécie – disse ela, abrindo um sorriso.

Foi a primeira vez que Alice ouviu alguém chamá-la de vampira em voz alta e essa garota o fez de forma tão natural que chegava a ser doloroso. Parecia que o fato de finalmente ouvir alguém dizer-lhe o que ela era, mesmo que ela já o tivesse deduzido há muito tempo, tornava o fato mais real, mais palpável, mais inescapável. Estava perdida em seus pensamentos, quando a presença de alguns humanos entrando no beco escuro em busca do traficante chamou sua atenção.

– Opa, é melhor darmos o fora daqui – falou a estranha menina, agarrando Alice pelo braço e puxando-a para longe dali, em uma velocidade que só daria aos viciados mais um motivo para acreditarem que estavam delirando.

Alguns quarteirões depois, elas finalmente pararam na entrada de um estacionamento, desses pagos por hora, e Alice se desvencilhou da garota, olhando-a desconfiada.

– O que você quer de mim?

– Como eu lhe disse, já faz muitos anos que não encontro ninguém da nossa espécie. Quando "senti" sua presença ao passar por aquele lugar desolador, não resisti a me aproximar. Fiquei observando-a agir e devo confessar que gostei muito do seu estilo, acho que podemos nos dar bem.

– Nos dar bem?

Carol abriu um sorriso caloroso para ela.

– Sim, acho que podemos ser grandes amigas, se você quiser.

– E por que eu deveria confiar em você?

– Não deveria. Mas você já deve ter percebido que a vida noturna é muito solitária e que, ao contrário do que se vê nos filmes românticos modernos, não conseguimos conviver com humanos. Nosso "vício", semelhante ao enfrentado por aqueles humanos lá da Praça da Sé, torna isso inviável.

Alice lembrou-se de Carlos e de quando se alimentou dele, sugando sua vida, despertando para sua verdadeira e nova natureza, e o impacto das palavras de Carol foi como levar um tapa na cara. Engoliu em seco, a dor invadindo seu peito.

– Venha, vamos conversar em outro lugar, aqui não é seguro, nem mesmo pra nós – convidou Carol, quando o manobrista do estabelecimento lhe entregou uma chave de carro, pertencente a um utilitário branco.

Capítulo 6

Alice mal havia entrado no carro e Carol partiu em alta velocidade, afastando-se daquela região lúgubre e sombria, com suas ruas fervilhando de mendigos, noias e prostitutas. O que, de certa forma, fora um alívio, pois ela já havia tido sua cota de excluídos da sociedade por aquele dia; daquele submundo e todo o significado que acompanha a palavra como um todo. Já estava na hora de respirar novos ares, ou não, no caso dela, e conhecer lugares mais amenos; de recuperar alguma dignidade. Visto que, desde que sua vida se transformara naquele pesadelo vivo, ela fora obrigada a literalmente matar e beber sangue para continuar sobrevivendo. A cometer as maiores atrocidades, em prol de sua sobrevivência e segurança daqueles que ela achou que deveria proteger. O que na verdade se provou ser um terrível erro. Ao tentar ajudar, acabava piorando as coisas mais do que já estavam.

Naqueles últimos dias, fora obrigada a fazer tudo o que sempre lhe fora ensinado, e ela acreditava ser errado: tivera de furtar coisas, morar em um jazigo, matar traficantes, bem como pessoas inocentes também para sugar seu sangue. Enfim, às vezes, ela ainda tinha a sensação de que tudo realmente não passava de um pesadelo. Que em algum momento ainda acordaria e tudo estaria normal como antes. Então, ela respiraria fundo e trataria de esquecer todo esse horror e seguir em frente; voltar a ser a garota alegre e vivaz de outrora.

Estavam agora em uma larga avenida com muitas vias de locomoção para os carros, em ambos os sentidos. O trânsito estava bom e o veículo em que estavam desenvolvia uma boa velocidade. Do seu lado, o vidro da janela estava um pouco abaixado e o vento atingia seu rosto com força e atiçava seus cabelos.

Estavam na Avenida Vinte e Três de Maio, ela soube, ao puxar pela memória que roubara do traficante, pouco antes da jovem que conduzia o utilitário em que elas estavam agora chegar. Estavam indo na direção da zona sul.

– Ei! – a voz da jovem a trouxe de volta à realidade. – Você está bem?

– Sim – respondeu, automaticamente –, estou sim. – Como... como sabe que sou uma recém-criada? – inquiriu, desconfiada.

– Porque você não me sentiu até que eu me apresentasse a você – ela explicou. – Nós vampiros aprendemos, com o passar do tempo, a sentir uns aos outros.

Alice analisou a diminuta menina, que não aparentava ter mais que dezoito anos.

– Quantos anos você tem?

– Não deixe minha aparência enganá-la – ela alertou. – Fui transformada com 18 anos e por isso mantenho essa aparência; entretanto, agora já faz vinte anos.

Vinte anos!, pensou consigo. Essa garota já está nessa odiosa vida noturna há 20 anos!

A jovem alternava entre olhar para a frente e para ela de vez em quando, analisando suas reações.

– Você disse que é raro encontrar alguém como nós – comentou –, isso quer dizer que viveu todos esses anos sozinha?

– Vivi os primeiros anos de minha existência com meu criador, ele me ensinou tudo o que sei – responde ela, com um ar pesaroso.

– Seu criador?

Capítulo 6

— Sim, um íncubo que me encontrou lá na cidadezinha onde eu morava no Nordeste – explicou ela –, lembro-me como se fosse ontem, apesar de todo o tempo que já se passou. Nós nos conhecemos em uma festa e seus olhos brilharam ao me ver, como se pudessem enxergar minha alma. Ele era lindo, Alice, o homem mais lindo que eu já havia visto, e ele me seduziu sem nenhum esforço. Fui uma presa fácil. Logo em seguida, ele me transformou, e disse que eu era especial de uma forma que eu nem imaginava. Depois ele me trouxe para São Paulo e dedicou-se a me ensinar a sobreviver nessa selva de pedra da forma mais incógnita possível. Após cinco anos, ele decidiu que eu já estava pronta para me virar sozinha e partiu, dizendo que voltaria quando chegasse a hora. Desde então, nunca mais tive companhia por demasiado tempo, ao menos até agora.

Ao concluir sua narrativa, a jovem vampira lhe abriu um sorriso caloroso. Depois, sua atenção se voltou para a frente.

— Até agora? – Alice perguntou.

— Sim – ela confirmou. – Tenho esperanças de que possamos ser amigas, ou que pelo menos deixe-me ensinar-lhe tudo o que sei. Acho que isso faria eu me sentir útil.

Na Avenida Albert Einstein, a estranha menina entrou em uma garagem de um prédio luxuosíssimo e estacionou em uma vaga, anunciando: – Chegamos!

Com algum receio de segui-la, Alice se deteve junto ao carro por um momento, indecisa se seguiria a garota ou não. Carol já estava diante da porta do elevador, a alguns metros de distância, quando percebeu que ela não a seguira.

— Venha! – ela chamou: – Não precisa ter medo, pois não vou lhe fazer mal – assegurou. – Não gostaria de ter algumas respostas, afinal de contas?

Alice ponderou por um instante e, por fim, decidiu juntar-se a ela, baixando os ombros, resignada. Contudo, assim que entraram no elevador, perguntou:

— O que é um íncubo?

— Ah, você não sabe? Seu criador não lhe contou?

Ela estremeceu ao pensar na criatura horrenda e inescrupulosa que a trouxera a essa vida e sentiu o estômago revirar ao imaginar-se convivendo pacificamente com aquele monstro, como Carol contou que conviveu com seu criador.

– Ele não me contou nada – revelou. – Também, não poderia, eu fugi.

– Ah, entendo... E isso faz exatamente quanto tempo?

– Não sei dizer ao certo – respondeu –, mas creio que faz mais ou menos uns seis meses.

– Seis meses! – exclamou a outra vampira. – Então você ainda nem deve ter tido suas lembranças completamente restabelecidas ainda.

Alice balançou a cabeça em negativa:

– Não. Me lembro muito pouco de minha vida como humana e menos ainda dos primeiros momentos de minha vida como vampira. Tenho apenas alguns flashes de vez em quando.

– Não se preocupe, com o tempo, isso irá voltar para você. Ainda mais se me deixar ajudá-la.

O elevador finalmente parou no último andar e Carol desceu, sacando um molho de chaves da bolsa. Havia apenas uma porta no extenso corredor de piso de madeira, a qual a jovem abriu e convidou-a a entrar. O apartamento era impressionante, e ela vira que a sala de estar era enorme e ampla; suas paredes estavam forradas com obras de arte clássicas. No centro da sala, um lindo sofá branco de couro parecia mesclar-se ao tapete da mesma cor que revestia o chão. Havia também plantas ornamentais, dispostas em diversos pontos do cômodo, o que conferia ao recinto um exuberante ar de vitalidade ou uma metáfora funesta em relação à sua moradora. A parede oposta à porta era toda feita de vidro, e de lá, até onde a vista alcançava, era possível contemplar a metrópole estendendo-se abaixo de seus pés.

– Esse apartamento é seu?

– Sebastian me ensinou que não é apenas sangue que podemos retirar de nossas vítimas.

Capítulo 6

– Sebastian – ponderou por um instante –, era esse o nome do seu criador?

– Sim, ele era americano. Ou pelo menos passou a maior parte de sua vida lá. Sente-se – ela lhe apontou o sofá, e aproximando-se de um barzinho no canto da sala, perguntou: – Quer beber alguma coisa?

– Nós podemos beber? – indagou, enquanto se sentava.

– Podemos sim, Alice, nós fomos feitas para poder curtir tudo o que a vida tem de bom – comentou com um sorriso, enquanto lhe estendia um copo cheio de vodca. – É claro que não ficamos bêbadas com a mesma facilidade que um humano, mas com doses cavalares é possível obtermos resultados parecidos.

Alice sorveu um gole do líquido, que desceu rasgando sua garganta, enquanto fazia uma careta, e sentiu um calor espalhar-se por seu peito.

– Você se acostuma – comentou Carol.

– E comer, nós podemos?

– Podemos, mas não devemos. Apenas em casos de extrema necessidade, para não chamar atenção, quando estamos em um restaurante, em um encontro, por exemplo – explicou.

– Por quê?

– Nosso corpo está morto, por isso precisamos beber sangue de outros seres vivos para sobreviver. O que faz com que nosso organismo continue funcionando, mas não quer dizer que ele funcionará perfeitamente bem. A digestão de alimentos demandaria muito sangue e isso nos faria matar ainda mais, o que atrairia muita atenção, até mesmo nessa imensa metrópole. Já a bebida, ela praticamente passa direto pelo nosso organismo, não causando dano algum.

– Então isso que temos é uma semivida.

– Ah, mas ela pode ser bem divertida. Deixe que eu mostre a você o quanto – e, dizendo isso, os olhos castanhos da jovem adquiriram um brilho sedutor e seus lábios se curvaram em um sorriso malicioso.

Alice não conseguia desviar sua atenção, como se estivesse hipnotizada, os pensamentos nublados. Foi Carol quem finalmente quebrou a conexão, ao virar-se repentinamente para uma porta interna do apartamento, e convidando-a para explorá-lo consigo. No que ela prontamente obedeceu e ficou boquiaberta com o que viu.

– Uau! Como conseguiu tudo isso?

– É tudo importado, querida – afirmou a outra vampira, parecendo estar se divertindo com seus deslumbramento. – Meu criador dizia que, já que estamos mortos, devemos aproveitar ao máximo essa nossa, segunda chance – ela fez sinal de aspas com os dedos –, e usufruir do bom e do melhor que esse mundo tem a oferecer.

– Começando pela moradia...

– Sim, a começar pela moradia. Nós merecemos ter uma vida de rainha, minha cara. E é exatamente assim que eu tento viver agora.

O apartamento era ainda mais suntuoso do que ela imaginava. A cozinha e a sala de jantar deixaram-na completamente perplexa. Mas havia ainda uma biblioteca e uma academia toda equipada com aparelhos sofisticados. Muito embora Alice duvidava de que ela realmente precisasse usá-los, visto que não passava de uma morta-viva.

– O que posso dizer, não é? Garota, você realmente sabe o que é bom.

– Pode apostar, querida – ela respondeu com um sorriso travesso –, pode apostar.

Capítulo 7

Quando Alice pensava que nada mais poderia surpreendê-la naquela noite, Carol lhe mostrou o quarto que ela ocuparia no apartamento caso aceitasse sua proposta, e toda a sua convicção caiu por terra. O luxo daquele recinto a teria deixado sem fôlego, não fosse ela agora uma morta-viva ou uma criatura da noite, para a qual tais peculiaridades já não eram mais necessárias. Reparou que as paredes eram forradas de madeira e decoradas com quadros em lindas e ricas molduras, cujo acabamento impecável demonstrava o cuidado e o capricho com que haviam sido produzidas. Ela ficou tentando imaginar o quanto deveriam ter custado, mas logo sua atenção foi capturada para o restante da mobília e decoração. Viu que havia um imenso closet embutido com portas corrediças e pegadores folheados a ouro; bem como uma enorme cama de casal, com docel e luxuosos e elegantes lençóis de seda. E, ao lado da cama, destacando-se de tudo mais, um sarcófago repousava solitário, como que lhe convidando a entrar e a descansar das agruras mundanas em seu diminuto recanto de silêncio e sombras.

– Isso é mesmo o que eu estou... – disse, apontando em direção ao ataúde, que era todo feito de madeira e incrustado de gravuras egípcias em relevo.

– Sim, é exatamente o que está pensando, um sarcófago.

Alice aproximou-se do objeto e examinou as gravuras e demais desenhos ao longo de todo o ataúde. Era fascinante o trabalho de acabamento. Sem dúvida alguma, tratava-se de uma obra de arte.

– Como você o conseguiu? – indagou, ainda em estado de perplexidade com aquela decoração extravagante e cara. – Um objeto como esse? Esse quarto todo deve ter custado uma fortuna.

– Bem – disse a outra vampira sorrindo delicadamente –, meu mentor é um homem muito rico e adora colecionar objetos de arte – ela sentou-se na cama e acariciou o tecido delicado do lençol que a recobria. – Acho que é uma forma de investir o dinheiro que ele tem, ou que ganha, sei lá. Então, certa vez, ele voltou de uma viagem que fez ao Egito e nos trouxe esses ataúdes.

– Entendo – disse Alice, enquanto examinava uma gravura sobre a tampa –, ele deve tê-los comprado em um leilão ou coisa assim?

– Não, não foi num leilão, querida, acredite. Ele os comprou no mercado negro dos vampiros.

– Uau! Temos um mercado negro?

– Mas é claro! – afirmou Carol. – Além da sociedade humana e suas regras, existe a nossa sociedade, com suas normas e leis próprias. Toda uma hierarquia de poder que precisamos seguir. Do contrário, imagine o caos que não seria?

Alice ficou em silêncio, ponderando sobre tudo o que acontecera naquele dia desde que acordara, e tudo o que estava lhe sendo dito agora. Era muita informação para processar. Seu mundo, tudo o que ela conhecera desde então, estava sendo revirado de cabeça para baixo. Aquela nova realidade era aterradora e ao mesmo tempo fascinante. Sua mente ansiava por saber mais, seu corpo desejava que ela o explorasse e descobrisse todas as suas novas e incríveis capacidades. Contudo, era também preciso ter cuidado, pois aquele era um mundo extremamente novo para ela. Como saber em quem confiar, ou até onde poderia ir sem estar, de repente, invadindo os domínios de alguém?

Capítulo 7

– Gostaria que abrisse seu ataúde e o experimentasse.

– Espera e – disse Alice, surpresa –, eu vou dormir dentro dele?

– Com certeza, foi pra isso que meu mentor os comprou.

– Mas eu achei que fosse parte da decoração, que...

– Não deixa de ser, dado o requinte com que foram produzidos – Carol respondeu. – Mas o intuito mesmo é servir de proteção durante nosso sono. Eles pertenciam a vampiros egípcios, mortos por caçadores. Então, foram postos à venda no mercado negro, e meu mestre os adquiriu.

– Então, você e ele dormem nessas coisas?

– Obviamente que sim – ela riu. – Não tenha receio. Além do mais, você me disse que estava dormindo em um jazigo, não era?

– Sim, estava, mas...

– Não tem mais nem menos – interrompeu ela –, abra logo seu sarcófago. Garanto que não vai se arrepender.

Com um certo receio, Alice abriu o ataúde e, para sua surpresa, viu que era mais confortável do que ela havia imaginado a princípio. Era todo acolchoado e no teto havia uma tela de alta resolução para ver televisão, vídeos e até mesmo navegar na internet.

– Nossa – balbuciou –, eu realmente não esperava que ele fosse assim por dentro.

– Não disse? Quando eu vi o meu também pela primeira vez, tive a mesma reação que a sua. Agora... deite-se, isso, assim – ela dizia enquanto a ajudava a se deitar confortavelmente.

– Posso abaixar a tampa?

Alice se demorou por um instante, ainda receosa, e então disse:

– Pode.

A tampa do ataúde se fechou e, a princípio, sentiu-se incomodada, uma estranha sensação se abateu sobre ela, seu pavor aumentando. Fosse ainda humana, talvez estivesse com taquicardia e sem fôlego. No entanto, apesar do medo ela estava calma, estranhamente calma, e havia apenas o silêncio e a escuridão à sua volta.

Tateou até encontrar a tela que ficava a uns trinta centímetro acima de seu campo de visão, e ligou o gadget. Quando a tela se iluminou, ela viu que, do lado, havia um fone de ouvido afixado. Colocando-os, ajustou o som a um volume confortável e começou a zapear pelos canais. Porém, não encontrou nada que lhe agradasse e então resolveu acessar a internet. Mas, como sempre acontece quando se está navegando pela grande rede, o tempo passa mais rápido do que você consegue perceber. Ela estava vendo um vídeo da banda Evanescence quando olhou para o relógio no canto da tela e viu que já eram cinco e meia da manhã. Àquela altura, ela já estava mais do que acostumada com o ataúde e seus olhos estavam ficando sonolentos; o transe vampiresco entrando em ação. Não demoraria muito até ela cair em um ciclo de sono profundo com a tela ainda ligada e o fone nos ouvidos.

Capítulo 8

Na noite seguinte, acordou assustada, com a sensação de que dormira demais, e acabou batendo com a cabeça no teto do caixão. Então, devagar, ergueu a tampa do ataúde e olhou em volta. O recinto estava escuro e o silêncio era asfixiante. Era como se ela houvesse dormido e acordado para descobrir que ninguém mais, além dela, existia.

Receosa, deixou o sarcófago e atravessou o quarto mergulhado na penumbra, um estranho temor assomando-se dentro dela. Então, tateando a parede próxima à maçaneta da porta, encontrou o interruptor da luz e o acionou. Quando o ambiente iluminou-se, sentiu todo o temor se dissipando, seus pensamentos se ordenando.

Carol, onde está ela?, pensou.

Saindo para o corredor, seguiu até a porta do quarto que julgava ser o de Carol e bateu três vezes. Silêncio. Intrigada, bateu novamente por mais três vezes. Nada.

Mas onde será que ela se meteu? Será que ainda está dormindo?

Arrumando os cabelos, ela se dirigiu até a sala e viu no relógio eletrônico do receptor de TV que eram quase sete horas da noite.

Encontrou um bilhete afixado com um ímã na porta da geladeira, onde estava escrito em uma caligrafia caprichosa:

Saí para resolver algo para Sebastian e volto logo.

Se estiver com sede, tem bolsas de sangue no freezer.
Beijos, Carol.

Legal, tenho esse apartamento inteiro só para mim, pensou. E então, voltando novamente para a sala, pegou o controle da TV e atirou-se no sofá. Novamente, depois de zapear pelos canais sem que nada capturasse sua atenção, ela levantou do sofá e cruzou a sala, passando pelas portas corrediças e saindo para a sacada. Um vento fresco acariciou seu rosto e cabelos. A noite estava linda, embora mal desse para ver as estreles ofuscadas pelo brilho das lâmpadas artificiais, e repleta de cheiros. Ela inalou profundamente aquela profusão de aromas, seus sentidos trabalhando rapidamente e isolando cada um deles.

Com certeza não era fácil ser vampira. Mas ela também estava descobrindo que não era o fim do mundo. Com os meios certos, com a pessoa certa a lhe instruir, ela começava a achar bem possível que em breve ela até começasse a gostar de verdade de sua nova condição. Afinal, ela era agora muito mais forte do que jamais imaginara que pudesse se tornar; nunca mais adoeceria, ficaria para sempre jovem e bela.

Quando voltou para o quarto, viu que Carol havia lhe deixado uma cópia das chaves do apartamento sobre o criado-mudo. Foi a deixa de que precisava. Mordendo os lábios e jogando as chaves para o alto para em seguida pegá-las, em um movimento preciso, ela se dirigiu ao closet e vestiu seu sobretudo. Não demorou muito e estava no elevador descendo para o térreo. Decidiu que daria apenas uma volta pelo bairro e voltaria antes de a outra vampira chegar. Ao menos era o que ela pretendia. Contudo, já estava se acostumando com a ideia de as coisas já não mais saírem como ela planejava; que era melhor a natureza seguir seu curso. Afinal, agora ela tinha a eternidade toda para viver e aprender. E se viver era aprender, então, ela realmente tinha muito o que aprender.

Andando tranquilamente pela calçada, cruzou com pessoas apressadas, provavelmente voltando do trabalho, algo com que ela provavelmente nunca mais teria que se preocupar. Um zelador passeando com três cachorros. Mais à frente, um casal de lésbicas passou encarando-a, mas ela fingiu não perceber e seguiu em frente, rindo da situação. De repente, uma voz masculina, a um só tempo familiar e estranhar, a despertou de seus devaneios:

– Alice?!

A voz pertencia a um jovem, de cabelos e olhos escuros e pele morena, que, com a expressão alarmada, dirigiu-se a ela.

– Oh meu Deus! É você mesma! Alice! – exasperou-se ele, agarrando-a pelo braço, analisando-a dos pés à cabeça. Em seguida, a abraçou e continuou seu monólogo: – Eu sabia! Eu sabia que não estava louco, oh meu Deus! É você mesma! Quanta saudade eu senti, Alice!

Empurrando-o delicadamente, a vampira se desvencilhou dele e passou a analisá-lo lentamente, enquanto perguntava:

– Quem é você? Eu o conheço?

– Não se lembra de mim? Sou eu, Alice, Tiago, seu namorado!

– Meu o quê?!

Diversos flashes passaram pela mente da garota, tendo todos o garoto à sua frente como protagonista.

Alice o viu sobre a moto em que ela veio até São Paulo, viu ainda os dois passeando, de mãos dadas, à beira-mar, viu os dois se beijando e fazendo amor... Levou as mãos à cabeça, e gritando, quedou de joelhos, as dores emocionais e físicas mesclando-se, dilacerando-a por dentro. Lágrimas escorriam de seus olhos, incontidas. Tiago se aproximou dela, estendendo a mão em sua direção, na intenção de tocá-la e acalmá-la. Entretanto, antes que ele concluísse seu intento, a vampira, com gestos rápidos, agarrou-o pelo pescoço e, ainda ajoelhada e imersa em recordações, nem percebeu quando o estrangulou, matando-o instantaneamente.

Quando voltou a si, viu o corpo de Tiago, inerte, diante de si, na calçada. Percebendo subitamente o que fizera e sentindo todo o peso do passado e dos sentimentos que por ele nutria, desesperou-se, engatinhando até ele e balbuciando:

– Tiago? Meu amor?

Sentiu seu coração apertar no peito, como se fosse esmagado por uma mão invisível e muito forte, e o ar lhe faltou, parecia que estava morrendo mais uma vez. Sem raciocinar direito, pegou o corpo do rapaz em seus braços e disparou em direção ao prédio de Carol, sem se importar com quem poderia vê-la. Adentrou o apartamento, carregando o corpo do ex-namorado nos braços, chorando e implorando:

– Carol, por favor, me ajude!

A amiga, que estava sentada no sofá da sala, conversando com um homem desconhecido, levantou-se e veio em sua direção, praguejando:

– Ah, caralho, o que você fez, Alice?!

Capítulo 9

Alice olhava para a amiga, desesperada, sem conseguir pronunciar palavra, enquanto suas pernas amoleciam, impedindo que ela continuasse em pé. Quedou mais uma vez de joelhos, sem entretanto largar o corpo de Tiago.

– Quem é ele, Alice? O que houve? Por que o trouxe para cá?

– Ele era meu namorado... Quando eu era humana. Me encontrou na rua, veio falar comigo, eu "saí de órbita", comecei a reviver momentos do passado e não conseguia mais definir o que era real do que eram lembranças. Quando voltei a mim, ele estava assim, desfalecido.

Verificando o pulso do rapaz, apenas para confirmar o que seus sentidos superaguçados já haviam lhe revelado, Carol anunciou:

– Ele está morto, Alice.

– Oh, meu Deus! – exclamou a vampira, que não tinha se dado conta de tal fato até o presente momento, tamanha agonia e perplexidade que a invadiam. – Eu o matei, Carol! Eu o matei! Ele era o amor da minha vida e eu o matei!

– Calma, Alice, calma. Ele era o amor da sua vida quando você era humana. Você não é mais aquela menina. Você não tem culpa. Ele só foi azarado de topar com você.

– Carol, é o segundo homem que me ama e que paga com a vida por isso, desde que renasci para esta vida desgraçada! – Alice gritou, histérica e totalmente descontrolada.

Foi então que o homem a quem ela não prestou a mínima atenção levantou-se calmamente do sofá e caminhou em sua direção.

– Quem é você? O que faz aqui?

– Acalme-se, Alice, eu só quero ajudar – dizendo isso, ele colocou o dedo indicador na testa da garota, que sentiu um amortecimento acometer seu corpo e desfaleceu em seguida, perdendo os sentidos.

Alice despertou em uma luxuosa cama de casal, tendo Carol a seu lado, que exclamou quando ela acordou:

– Ufa, finalmente você acordou!

– Carol? O que houve? Quem era aquele homem?

– Olá, Alice, eu sou Sebastian, o criador de Carol – apresentou-se o estranho, que adentrou o quarto, enxugando as mãos em uma toalha de rosto.

Sua forte assinatura energética deixava claro que se tratava de uma criatura da noite, não um vampiro como Alice e Carol, mas algo mais poderoso e antigo. Ele tinha os cabelos negros e lisos e os olhos vermelhos. Sua pele não era tão pálida quanto a delas, e seus traços eram finos e elegantes.

– O que é você? – perguntou Alice, sentando-se na cama.

– Eu sou um íncubo, cara Alice. Apenas nós podemos criar vampiros. Sou um descendente direto de Lilith.

– Lilith?

– Lilith foi a primeira esposa de Adão, Alice. Nunca ouviu falar dela?

– Não. A esposa de Adão não era Eva?

– Sim, Deus criou Eva a partir da costela de Adão depois que Lilith o abandonou para viver com um anjo chamado Samael, com quem ela teve dois filhos, um súcubo e um íncubo, os primeiros de nossa linhagem, também os primeiros demônios que existiram. É curioso que você nunca tenha ouvido falar dela, já que sua família tem forte ligação com a rainha das bruxas.

— Minha... família? O que você sabe sobre eles? O que você sabe sobre mim?

— Ah Alice, todos nós, os filhos de Lilith com Samael, sabemos sobre os filhos de Lilith com Caim, os Layil. Você decerto que não é uma legítima Layil, mas, pelo jeito, estava predestinada a ser uma filha de Lilith, de uma forma ou de outra.

— Layil? Ei, esse era meu sobrenome... — disse ela, recordando-se.

— Sim, você era a filha bastarda de Jaime Layil, por isso não herdou o mesmo triste e pesado legado que sua irmã Ester. Mas o destino tem das suas e decidiu transformá-la numa filha de Lilith de qualquer forma.

— Ester, minha irmã? — uma pontada de dor a faz levar a mão direita à cabeça, enquanto a imagem de uma garota, um pouco mais nova que ela, de cabelos negros e lisos, se formava em sua mente. Sua irmã mais nova. Agora se recordava dela. Recordava-se das brincadeiras da infância, das conversas da adolescência. E se lembrava vagamente de uma discussão... Uma discussão, que ao que parecia, fora o último contato entre as duas.

— Acalme-se, Alice, não se apresse — pediu Sebastian — Todas as suas memórias voltarão a você lentamente, conforme você estiver pronta para elas. É assim com todos os vampiros. Você apenas teve o azar de cruzar com um pedaço significativo de seu passado justamente na maior cidade da América Latina. Honestamente, qual a probabilidade de isso acontecer?

Subitamente, Alice se lembrou de Tiago e de seu corpo frio em seus braços.

— Tiago? Onde ele está?

— Não se preocupe, Alice, já me livrei do corpo dele. E também das memórias das pessoas que presenciaram tal cena. Você precisa ter mais cuidado, cara Alice. Não é bom andar por aí sozinha, enquanto você não recuperar totalmente suas memórias.

– Como assim, você se livrou dele?! – perguntou ela, pondo-se de pé.

– O que você queria que eu fizesse, Alice? Que deixasse o corpo dele apodrecendo aqui em nosso apartamento? Fiz com que parecesse que o caso dele foi mais um assalto, seguido de assassinato, algo tão corriqueiro aqui na capital. É melhor você tomar um banho e tentar relaxar. O dia logo vai amanhecer e você precisa se recolher – virando-se para Carol, ele ordenou: – Carol, dê-lhe um banho e a coloque em seu ataúde a tempo, ok?

Carol assentiu, balançando a cabeça afirmativamente, e sem dizer mais nada, agarrou a amiga pelo braço e a levou até o banheiro. Ainda atordoada, Alice permitiu que a outra vampira a ajudasse a se despir e a entrar debaixo do chuveiro. Os jatos de água quente atingiram sua pele pálida e fria e ajudaram a dissipar a tensão daquela noite. Era uma sensação incrivelmente boa sentir novamente o calor espalhando-se por todo o seu corpo, nem que fosse apenas pelo tempo que aquele banho durasse.

Terminado o banho, Carol a envolveu em uma toalha branca felpuda, conduzindo-a ao quarto que agora era seu, e onde se encontrava seu local de descanso. Maquinalmente, deixou-se arrumar em seu sarcófago e, antes de se render à escuridão, apenas ouviu a amiga dizer:

– Estarei aqui quando você acordar.

Capítulo 10

Quando Alice acordou, conforme prometera, Carol a estava esperando, debruçada sobre seu ataúde. Alice assustou-se ao levantar a tampa do caixão e dar de cara com a amiga.

– Ei, calma aí, sou eu, não o bicho-papão. E aí, está melhor?

– Parece que estou de ressaca. Acho que é ressaca moral. Ei, onde está o Sebastian?

– Precisou voltar para os Estados Unidos. Ele veio apenas para conhecê-la.

– Quer dizer que ele vem, enche minha cabeça de dúvidas e interrogações e simplesmente desaparece?

– Ora, Alice, a culpa não é dele. Você foi quem encontrou seu ex na rua e apareceu com ele aqui em casa, morto, nos seus braços.

– Nem me lembre disso.

– Aliás, nunca mais me apronte uma dessas, hein? Meu Deus, que bandeira!

– Desculpa, Carol, eu não estava raciocinando direito.

– Tudo bem, como Sebastian disse, você vai ficar em uma *vibe* meio sinistra enquanto sua memória não voltar completamente.

– Ei, que história toda é aquela sobre minha família? Você sabia de tudo aquilo?

– Juro que sei tanto quanto você, amiga. Depois que você apagou, insisti que me contasse, mas ele disse que ainda não era o momento, que, se ele revelasse tudo pra mim, eu poderia acabar contando para você e isso precipitaria seu processo de relembrar o passado e isso poderia acabar te enlouquecendo, que devemos dar tempo ao tempo.

Pensativa, Alice continuou:

– Carol, Sebastian disse que todas as criaturas da noite sabiam de minha existência, de minha transformação em vampira. E insinuou que estavam até mesmo me procurando.

– Já sei o que vai perguntar. Se foi coincidência eu encontrá-la naquela noite, na Catedral da Sé.

Alice assentiu, em silêncio, esperando que a outra continuasse, o que ela fez, após longo suspiro:

– Não, Alice, não foi coincidência. Sebastian me ligou naquela noite, dizendo que havia uma garota, que fora transformada em vampiro recentemente, e que se suspeitava que ela andava agindo no centro da cidade. Ele ordenou que eu a encontrasse e a trouxesse para cá, onde eu deveria mantê-la sob meus cuidados, até que ele regressasse.

– E como me encontrou?

– Foi bem fácil, na verdade. Com a informação que ele me passara de que você estava agindo no centro, só precisei buscar a assinatura energética de um recém-criado, para fatalmente acabar topando com você.

– E como ele sabia onde eu estava agindo?

– Como você pode imaginar, eu não sou a única "cria" de Sebastian. Ele possui vampiros fiéis a ele, no mundo todo. Ele é antigo e possui, aqui no Brasil, centenas de vampiros infiltrados nos mais diversos segmentos, seja na política, no comércio ou na indústria; é daí que provém sua fortuna e também suas informações.

– Mas ele não é meu criador?

– Não. Parece-me que o seu criador é um íncubo "desgarrado", um que não costuma se relacionar muito com as criaturas da noite.

– E nem com suas "crias", pelo jeito.

– O curioso é que, segundo Sebastian me disse, ele não costuma "criar" vampiros. Apesar de ser um dos mais antigos íncubos, não se tem notícia de que ele tenha criado outro vampiro além de você.

– Eu deveria me sentir honrada?
– Talvez intrigada.
– Devo crer que Sebastian o conhece?
– Pelo jeito, Sebastian não o conhece pessoalmente, apenas de nome.
– E qual seria o nome dele?
– Alejandro.

À simples menção desse nome, Alice sentiu como se mil agulhas fossem enfiadas em sua cabeça de uma só vez. Com as mãos na cabeça, ela começou a se debater no chão e a gritar. Carol tentou controlá-la, mas seu esforço foi em vão. Foi então que Alice viu o que sua mente represara por meses.

***

Estava de mãos atadas e presa a uma viga de madeira no teto do que parecia ser um porão. Ela perscrutou rapidamente e avistou uma escada que dava para uma portinhola no teto de madeira e que, muito provavelmente, era a única saída. Estava tudo muito escuro, dificultando ver o que mais havia ali naquele espaço onde ela encontrava-se confinada, e foi enquanto tentava investigar um pouco com os olhos que ela o viu, observando-a de um canto. Seu captor estava de braços cruzados recostado na parede e envolto em sombras. Apenas o brilho avermelhado de seus olhos, como os de um animal no escuro, podia-se ver. Alice quase expirou de susto e recuou, mas foi detida pelas cordas que prendiam suas mãos à viga no teto.

– Vejo que acordou finalmente, catita – disse ele, aproximando-se devagar.

– Quem é você?

Em resposta, ele deu apenas uma risada curta, enquanto se deixava iluminar por um filete de luz do luar que entrava no recinto, através de pequenas frestas na parede. Ele era o homem mais lindo que a garota já havia visto. Tinha os cabelos claros à altura do ombro, lisos, mas rebeldes, e seus traços eram incrivel-

mente másculos e sedutores. Inspirava, a um só tempo, medo e desejo.

– Meu nome é Alejandro – respondeu ele.

Ela se encolheu tanto quando pôde, e tentou também recuar, pois ele diminuía a distância que os separava a cada instante.

– O que quer de mim?

– Ah, você quer mesmo saber o que eu quero de você? – *respondeu ele, aproximando o rosto do dela, que agora, era incapaz de desviar o olhar do dele, sentindo-se hipnotizada.*

Para sua surpresa, ele colou seus lábios ao dela, dando-lhe um beijo sôfrego. Segurando sua cabeça com uma das mãos, com a outra enlaçou sua cintura, colando o corpo ao dela. Seu corpo foi enfraquecendo, como se ele lhe roubasse as energias através daquele beijo. Foi sentindo seu corpo todo amortecer, até acabar desmaiando.

***

A lembrança foi interrompida e ela quedou, urrando de dor.

– Alice? Oh, meu Deus, o que foi que eu fiz?

– Aquele... porco... ele... me beijou... – sussurrou Alice, recompondo-se lentamente.

– Quem? Alejandro?

– Por favor, não repita esse nome – dizendo isso, a vampira tampou os ouvidos.

– Desculpe Alice, fiz você relembrar seu processo de criação, né?

– Sim – respondeu a garota, sentindo seu estomago embrulhar com as lembranças.

– O beijo é apenas o início, Alice, ainda tem mais...

Ao ouvir essas palavras da amiga, novas lembranças invadiram a mente de Alice, dando-lhe a impressão de que seu cérebro ia "fritar".

***

Acordou novamente em seu cativeiro, escuro e lúgubre. Estava deitada agora em uma cama improvisada, com os pulsos e os pés amarrados. Era dia e o lugar estava um forno. Ela suava e

Capítulo 10

tentava identificar melhor o local onde estava. Apertou os olhos e tentou ver o que mais havia ali, e infelizmente constatou que era muito pouco: apenas utensílios de fazenda, ferramentas, sacos de sementes e outros produtos enlatados e engarrafados. O local lhe era familiar, de alguma forma, mas suas memórias estavam muito embaralhadas para que ela conseguisse se recordar de forma exata. Seu estômago roncava de fome e sua garganta estava tão seca e dolorida que a qualquer momento ela sentia que poderia se fechar.

Há quanto tempo estava ali, ela não conseguia precisar. Percebeu que o travesseiro onde repousava sua cabeça estava ensanguentado. Lembrou-se da pancada que Alejandro lhe dera na cabeça quando a capturou e logo concluiu que aquele sangue esvaía de seu ferimento aberto. Todo o seu corpo doía e ela tentou reunir forças para gritar por ajuda, mas não conseguiu. A consciência ia e vinha, e ela mal percebeu quando a noite chegou e Alejandro a saudou, entrando pela portinhola no teto.

– Oh, querida Alice, é bom vê-la desperta. Achei que tivesse errado a dose e a houvesse matado. Sabe, faz muito tempo que não crio um vampiro. Receio que tenha esquecido como se faz.

– O que? Do que está falando? – ela murmurou, quase sem forças.

– Sim, minha jovem Alice, é isso o que vou fazer com você. Vou transformá-la em uma criatura da noite e, como minha cria, estará eternamente ligada a mim, e poderei usá-la para chantagear sua irmã.

– Minha irmã, Ester? O que você quer com ela, seu maldito?

– Eu nada, catita, mas minha mãe e seu consorte querem que ela vá para o lado deles.

– Sua mãe? Que doideira é essa?

– Ah, catita, não se preocupe com isso agora. Agora, preocupe-se apenas com nós dois.

– Nós dois?!

– Sí, catita. Ahora somos solamente nosotros.

Dizendo isso, ele se deitou em cima da garota, que tentou reagir, debatendo-se, mas suas forças eram escassas e ele a domi-

nava não apenas fisicamente, mas também mentalmente. Mais uma vez ele a beijou, impedindo que ela se defendesse, drenando sua energia pouco a pouco, e quando ela estava quase desfalecendo novamente, ele cochichou em seu ouvido:

– Os íncubos costumam atacar as mulheres durante o sono, Alice.

Ela arregalou os olhos e tentou não se render à inconsciência, mas era tarde. Seus sentidos a deixaram e ela mergulhou em um sono profundo.

***

As lembranças foram interrompidas mais uma vez e ao voltar ao presente e deparar-se com a amiga encarando-a preocupada, Alice esbravejou:

– Merda, Carol, afinal de contas, de que lado você está? Não vê que as memórias obedecem a certos comandos? A certas menções ao passado?

– Foi mal, amiga, foi mal. Prometo não tocar mais nesse assunto.

Sentando-se, Alice colocou a mão na testa e resmungou:

– Tenho dúvidas se você é, de fato, minha amiga. Afinal, apenas me procurou e acolheu porque Sebastian assim ordenou.

Colocando as mãos na cintura, Carol esbravejou:

– Escute aqui, dona Alice, posso ter ido à sua procura a mando de Sebastian, mas realmente me afeiçoei a você, está bem? Você é a única amiga que tenho em décadas e a vida de um vampiro solitário é bem difícil, sabia?

– Hunf. Eu também gosto de você, sua louca.

As duas se abraçaram, rindo. O relógio de pêndulo, que ficava na sala, então despertou, avisando que o sol logo nasceria.

– Quanto tempo fiquei apagada? – perguntou Alice, surpresa.

– Quase a noite toda.

– Jesus!

– Descanse, Alice, amanhã a levarei para se alimentar, você está precisando.

Capítulo 11

Dessa vez, Alice acordou sozinha em seu quarto. Levantou-se e saiu em busca de Carol. Encontrou diante do closet, indecisa.

– Olá bela adormecida, finalmente despertou! – cumprimentou, ao ver a amiga se aproximando.

– Uau! – exclamou Alice, ao ver o quão gigantesco era o closet e quantas roupas e sapatos luxuosos havia ali dentro. Agora podia entender tamanha indecisão da parte da amiga.

– Vamos lá, fique à vontade e sirva-se. – ofereceu Carol, apontando para o closet.

– Aonde vamos?

– Vou levá-la a uma balada maneiríssima e ensiná-la a se alimentar "adequadamente".

– Balada? Não sei se estou no clima, Carol...

– Você precisa se alimentar, Alice. Além disso, ficar aqui, se comiserando, não vai levar a nada. Você precisa aprender a viver como um verdadeiro vampiro, sem remorsos, sem culpa. – Puxando um vestido verde do closet, ela continuou: – Olhe, esse vestido vai combinar perfeitamente com seus olhos.

Pegando o vestido das mãos da amiga, um pouco desanimada, a vampira recém-criada interrogou:

– O que você quer dizer com "se alimentar adequadamente"?

– Você vai ver – respondeu ela, dando uma piscadela.

Carol estacionou o carro em frente a uma boate badaladíssima da zona sul da cidade, e enquanto jogava as chaves para o manobrista, puxou Alice pelo braço, dizendo:

— Vamos lá, quero lhe mostrar o que a vida de um vampiro tem de bom a oferecer!

A vampira recém-criada ficara atônita com o som alto e as luzes multicoloridas, tudo isso era doloroso demais para seus sentidos supersensíveis e aguçados, mas o mais assustador mesmo era ficar rodeada de gente. Cercada de tantas pessoas, com seus corações pulsantes e suas veias cheias de sangue. A garota estancou na entrada da pista, tapando os ouvidos com as mãos, com os olhos fechados e com uma expressão clara de agonia, até que a amiga aproximou-se e, tirando sua mão da orelha, sussurrou:

— Acalme-se. Você se acostuma.

— Mas, e o sangue...?

— Esqueça o sangue. Há uma forma muito mais satisfatória e prazerosa pra você saciar sua sede.

— Como?

— Olhe para a pista e escolha um alvo. Um alvo atraente, alguém que a agrade.

— Agrade como?

— Como um parceiro, ora bolas!

— Você quer que eu flerte?

— Ora, vamos, faça o que eu disse!

Alice deu um longo suspiro e faz o que a outra lhe pediu. Correu os olhos pela pista de dança, em busca de alguém atraente. A luz e o som alto ainda incomodavam, mas a sensação era atenuada conforme ela se concentrava em encontrar uma vítima. No lado oposto a elas, próximo ao bar, um rapaz de cabelos longos e negros, forte, alto e de olhos claros chama sua atenção. Era como se não houvesse mais nada ali. Ela se concentrou totalmente nele, em sentir seu cheiro, ouvir as batidas de seu coração.

— Ele — disse, apontando para o rapaz.

– Hum... bela escolha – comentou a vampira, pouco antes de puxar a amiga em direção ao rapaz.

As duas garotas aproximavam-se do jovem que, encostado no balcão, aguardava ser atendido.

– Noite quente, não? – disse Carol, dirigindo-se a ele, e encostando-se no balcão, ao seu lado.

Alice observou o jovem virar-se para Carol e analisar a linda menina de pele pálida, corpo mignon e cabelos castanhos que está à sua frente.

– Pois é – ele respondeu, um pouco sem jeito.

A jovem vampira então se aproximou dele pelo outro lado e continua a conversa:

– Esse calor dá uma sede, não é mesmo? – surpreso, ele virou-se em sua direção, como se não acreditando no que estava vendo e demonstrando mais interesse por ela do que por Carol.

Ao que parecia, seus lindos cabelos cacheados cor de mel e seus olhos verdes deixaram o rapaz totalmente embasbacado, como se talvez não estivesse acreditando em sua sorte. Muito embora sendo ele um jovem atraente, o mais provável era que já estivesse acostumado com o assédio feminino. Contudo, ela achava difícil que ele já houvesse sido abordado por duas mulheres tão bonitas ao mesmo tempo quanto ela e Carol.

O rapaz respirou fundo, e recuperando o fôlego, tentou puxar conversa:

– Vocês querem beber alguma coisa?

– Eu quero um uísque com energético e minha amiga aqui, um gim tônica – responde Carol, enquanto acenava para o barman que rapidamente se aproximou e anotou o pedido dos três.

Assim que ele se afastou para buscar as bebidas, Carol continuou seu jogo:

– Qual é o seu nome mesmo?

– Augusto. E o de vocês?

– Eu me chamo Carol e ela é Alice.

– Muito prazer.

– Acredite, o prazer é nosso – respondeu, enquanto um brilho travesso cruzou seu olhar. – Mas diga-me, Augusto, você está sozinho?

– Não, não. Estou com um amigo.

– Ah, isso é ótimo – completou ela, com um sorriso malicioso enquanto pegava a bebida que o barman lhe estendeu. – Será que você poderia nos apresentar ao seu amigo? Tenho certeza de que ele deve ser tão atraente quanto você.

Nesse momento, Alice revirou os olhos. Ela não acreditava que essa conversa mole da Carol realmente ia colar.

– Claro, venham comigo – disse ele, todo animado.

Carol deu uma cotovelada em Alice como quem diz, "Está vendo?".

– Não importa muito o que dizemos. Os homens ficam totalmente abobados na presença de mulheres bonitas e acabam fazendo tudo o que queremos.

Augusto logo se aproximou de um jovem baixinho, de cabelos curtos e olhos negros, que o aguardava em um canto da pista, e o apresentou às garotas.

– Fabiano, estas são Carol e Alice, eu as convidei para juntarem-se a nós.

Fabiano assumiu a mesma expressão abobalhada do amigo e mesmo sentindo uma estranha sensação ao fitá-las, acabou por ignorar seus instintos e deixa-se levar pela aparência das meninas. Alice estendeu-lhe a mão e ele sobressalta-se ao tocar sua pele e perceber o quanto ela era fria. Abrindo um sorriso, sussurrou no ouvido dele:

– Vê como eu estou gelada? Preciso de alguém para me aquecer.

O jovem a encarou com olhos arregalados, um pouco intimidado com o flerte tão direto e explícito, mas havia algo no cheiro inebriante que exalava dela que nublava seus sentidos, deixando-o um pouco tonto e completamente incapaz de afastar-se. Alice observava a cena atenta.

– Vamos dançar? – convidou.

– Ah, sim, claro.

A batida da música eletrônica foi incômoda a princípio, mas Alice lembrou-se das recomendações de Carol e procurou concentrar-se apenas em Fabiano, em acompanhar seus movimentos e, aos poucos, seu corpo parecia se lembrar de como mover-se, levado pela música, como se ela tivesse dançado a vida inteira. Seus gestos provocativos e sensuais acompanhavam o ritmo e deixavam o garoto simplesmente fascinado, incapaz de desviar o olhar. Aproximando-se cada vez mais dela, ele enlaçou sua cintura e a garota jogou os braços ao redor de seu pescoço, olhando profundamente nos olhos de sua vítima. Um pouco receoso, ele inclinou-se e colou os lábios ao dela, que gemeu de prazer ao sentir a energia que o gesto lhe transmitia. Energia que vinha de Fabiano. Energia poderosa, forte, magnânima. Muito melhor que a energia provinda do sangue. Ela aprofundou o beijo, ansiosa por mais. Sentiu despertar nele a luxúria, que se alastrou como labaredas em seus pensamentos, que passaram a invadi-la conforme o beijo foi se prolongando. Alice estava sedenta por mais energia e por mais prazer, mas ela sentiu o abraço afrouxar e, sem aviso, Fabiano caiu pesadamente ao chão, desfalecido. As pessoas ao redor rapidamente se afastaram e abriu-se um grande espaço em volta deles. Carol surgiu acompanhada de Augusto e tentou controlar a situação:

– Acho que ele bebeu um pouco demais – explicou ela para a pequena multidão que observava o desenrolar da cena. Passando o braço por baixo do jovem desfalecido, ela pediu ajuda ao amigo do rapaz: – Vamos, Augusto, me ajude a levá-lo para o carro.

O garoto obedeceu e os dois carregaram Augusto para fora da boate. Alice permaneceu parada, sem saber como agir.

– Venha, Alice, vamos embora.

A jovem vampira obedeceu e seguiu os três para o estacionamento, onde Carol continuou a conduzir a situação:

– Qual é o carro de vocês? – perguntou, dirigindo-se a Augusto.

– É aquele preto ali.

– Ótimo. Vamos colocá-lo lá.

Carol ajudou Augusto a ajeitar Fabiano no banco do passageiro e, em seguida, virou-se para seu acompanhante, sugestiva:

– Será que você poderia nos dar uma carona para casa? Ou de repente poderíamos ir a um lugar onde Fabiano pudesse descansar...

Com um ar de surpresa, Augusto concordou e as duas se ajeitaram rapidamente no banco de trás, onde Alice aproveitou para conversar com a amiga, num tom de voz audível apenas aos vampiros.

– Ele está morto?

– Não, daqui a pouco ele acorda. Você sugou energia rápido demais, mas não em excesso. Fique tranquila que vou lhe ensinar a ser mais comedida da próxima vez. Dificilmente eles morrem nesse processo, por isso é tão melhor que sugar sangue. Não atrai atenção e nós ficamos mais satisfeitas, isso nos supre melhor.

Automaticamente Alice pensou em Carlos, aquele que foi despropositadamente, sua primeira vítima.

– Então vampiros não se alimentam apenas de sangue?

– Podemos sobreviver de sangue em caso de necessidade, mas eu acho muito mais prazeroso sobreviver com energia sexual, em todos os aspectos – respondeu ela, com um sorriso malicioso.

Não tardaram a chegar a um prédio de classe média, localizado nos arredores da Cidade Universitária. Habitado em sua maioria por estudantes, ele não era muito luxuoso, porém era muito funcional. Augusto levou as duas garotas e o amigo adormecido até o apartamento que eles dividiam no quarto andar.

– Fabiano e eu estudamos na USP. Cursamos Odontologia – explicou ele, indicando uma estante cheia de livros e instrumentos técnicos.

– Alice e eu também estamos pensando em ingressar na faculdade. Quem sabe algum curso de engenharia? – sugeriu Carol, enquanto deslizava o dedo pelas lombadas dos livros.

– Engenharia? – indagou Alice, intrigada.

– São os cursos com maioria masculina – sussurrou.

– Ah – Alice anuiu.

Quando Augusto retornou à sala, após acomodar Fabiano, puxou conversa com as vampiras.

– Nossa, ele realmente apagou – comentou. – Acho que não acorda tão cedo.

Carol se aproximou dele, com aquele seu olhar hipnotizante, e disse:

– Oh, que pena, então acho que você terá que dar conta de nós duas – dizendo isso, ela tocou o rosto do rapaz com a mão esquerda e o beijou, ao passo que gesticulava com a mão direita para que Alice se aproximasse.

Um pouco sem jeito, a jovem vampira se aproximou, deixando-se guiar pela amiga, que virou a cabeça do rapaz na direção dela, instigando-a a beijá-lo também.

Receosa, Alice colou os lábios ao de Augusto, enquanto Carol sussurrava em seu ouvido:

– Agora acalme-se. Concentre-se na energia que flui dele para você. Mantenha o domínio sobre ela, faça com que flua lenta e escassamente para você.

Alice obedeceu e pouco a pouco conseguiu dominar a fome insana que ardia dentro dela, possibilitando que sugasse energia suficiente para alimentá-la, mas não o bastante para desacordá-lo.

Augusto estava atordoado, provavelmente mal podendo crer na sorte que tivera. Enquanto Carol desabotoava sua camisa lentamente e acariciava os pelos de seu peito com sua mão gelada, Alice o beijava sofregamente, enquanto acariciava seu cabelo. Era como se o ar faiscasse, repleto de energia, carregado de desejo e luxúria.

As duas garotas o puxaram até o sofá, intercalando-se em beijos que deixavam o rapaz sem fôlego. Ele provavelmente nem saberia dizer qual delas era a mais bela ou a mais perfeita. Como se não acreditando no que acontecia, ele apenas observou quando Carol grudou em Alice pelos cabelos e a beijou na boca. Aquela era a fantasia de todo homem e elas o serviam assim, de bandeja.

O que para Augusto era um simples beijo, para as duas vampiras era uma prazerosa troca de energia. Carol transferia para Alice toda a energia sugada do rapaz, saciando-a completamente. Em um gesto delicado, ela tirou o vestido de Alice, deixando-a apenas de lingerie. Em seguida, despiu-se também. Augusto parecia extasiado com a visão das lindas garotas seminuas diante dele. Provavelmente imaginando se aquilo tudo não se tratava de um sonho.

Alice debruçou-se sobre ele, beijando seu peito delicadamente. Gemendo, enquanto sentia a energia que fluía dele para ela, causando-lhe um prazer indescritível. Enquanto isso, Carol abria o cinto da calça dele e alcançava seu membro, que, rijo, já aguardava por ela. Sem titubear, ela o abocanhou com vontade e arrancou dele um urro gutural, o que causou nela um sorriso de satisfação.

– Ele está pronto – anunciou, olhando para a amiga.

Carol puxou a jovem vampira para o colo do rapaz e o encaixou dentro dela. Os dois gemeram alto quando houve finalmente a junção de seus corpos. Ele, pelo prazer que sentia, e ela, pelo doce sabor da energia sexual que vinha dele, preenchendo-a, saciando e inundando-a.

– Agora, você pode nocauteá-lo – orientou Carol, com um sorriso travesso.

A vampira entendeu a deixa e começou a movimentar os quadris, saboreando e puxando mais e mais energia dele, até que estivesse completamente satisfeita. Enquanto isso, Augusto entrava cada vez mais em um intenso estado de torpor, seu corpo relaxando, suas forças sendo minadas. E antes que alcançasse o orgasmo, e chegasse ao ápice do prazer, perdeu os sentidos.

– Ótimo – disse Carol, analisando-o. – Amanhã, quando acordar, acreditará que tudo não passou de um sonho, provocado pelo excesso de bebida.

– Então ele não se lembrará de nós?

– Não. E é melhor assim. Acredite, você não vai querer um monte de humanos apaixonados por você, a lhe perseguir. Eles podem ser muito inconvenientes. Vamos, precisamos ir, ou o sol nos pegará de surpresa.

Alice obedeceu e se vestiu rapidamente, seguindo a companheira que já se dirigia ao elevador.

– Mas, e as pessoas que nos viram com eles?

– Por isso não vamos sempre ao mesmo lugar. Para que se esqueçam de nós. Além disso, não lhes fizemos mal algum. Apenas tiramos alguns anos de vida deles, mas isso ninguém vai perceber.

– Tiramos alguns anos de vida? Como assim?

– Quando nos alimentamos de sua energia sexual, roubamos um pouco de sua essência, sua vitalidade, seu vigor. Isso os debilita um pouco e essa é a importância de sempre pegarmos jovens. Eles acabam se recuperando, mas não sem sacrificar alguns anos de existência.

Alice franziu a testa, um pouco desconfortável.

– Ora, Alice, não se sinta culpada. Tenho certeza de que eles nos dariam esses anos de bom grado se os pedíssemos, apenas pelo privilégio de nossa companhia. Não é todo mundo que tem o prazer de transar com um súcubo.

– Um súcubo? Não somos vampiras, então?

– Nós somos, digamos assim, "descendentes de súcubos". Vampiros não podem criar outros vampiros, apenas súcubos e íncubos podem, e é por isso que herdamos deles a capacidade de nos alimentarnos de energia sexual. O sangue é uma alternativa que mantém nossos corpos "vivos", digamos assim.

– Súcubos são demônios, certo?

– Sim, eles são demônios, os primeiros eram filhos de Lilith, a primeira esposa de Adão e do anjo Samael. Depois, eles aprenderam a se "reproduzir", seja copulando com íncubos, seja transformando humanos em vampiros.

– Íncubos são as versões masculinas dos súcubos?

– Sim. Mas não pense que a reprodução entre eles é simples. Súcubos e íncubos são estéreis por natureza. Eles não produzem sêmen, tampouco elas possuem ovários e óvulos. Desse modo, é necessário que os súcubos "roubem" esperma de humanos e os transfiram para os íncubos, que em seguida engravidarão mulheres humanas, acrescendo ao sêmen roubado uma grande dose de energia demoníaca.

– E essas mulheres que geram essas crianças? O que acontece com elas?

– Geralmente, tornam-se vampiras, se o íncubo se afeiçoar a elas. Senão, acabam morrendo na hora do parto, incapazes de suportar a energia desprendida por seus rebentos.

– E nós? Como somos criados?

– Você ainda não se lembrou do seu processo de criação, não é mesmo?

Alice negou, gesticulando a cabeça.

– No momento certo, você irá lembrar. Confie em mim.

Carol encerrou assim a conversa, pois haviam chegado a um ponto de táxi e ela adentrou rapidamente o primeiro veículo da fila, passando as instruções ao motorista sobre a rota a seguir.

Capítulo 12

Assim que chegaram ao apartamento, Carol se recolheu aos seus aposentos, e Alice, agora cheia de energia, conseguia pensar mais claramente, o que a levou a ficar pensando na conversa que teve com a amiga a caminho de casa, nas palavras de Sebastian apenas dois dias antes e ainda nas lembranças que a invadiram recentemente. Apesar de o amanhecer estar próximo, decidiu dirigir-se ao escritório, onde ligou o computador e digitou no google seu sobrenome, há pouco revelado, "Layil".

A pesquisa trouxe milhares de resultados. Desde uma banda grega com esse nome até uma música de rock pesado com esse título, até a tradução da palavra, que em hebraico quer dizer "noite", passando por inúmeras referências a Lilith, todas as páginas em inglês, língua que, para sua surpresa, ela dominava muito bem. Nos recônditos de sua mente, enxergou a si mesma estudando a língua, numa escola de idiomas. Concluiu que frequentou um curso de inglês em sua adolescência. Decidiu pesquisar por resultados no Brasil, e como se lembrava de ter vivido em uma cidade do interior do estado de São Paulo, foi restringindo a pesquisa, até encontrar a notícia, num jornal digital da região de Itapeva, sobre a morte de sua família.

Segundo o site, tudo havia ocorrido poucos meses antes: a casa onde sua família vivia foi consumida pelo fogo, vitimando seu pai, sua mãe, sua tia e sua irmã. O jornal ainda fazia menção ao seu desaparecimento, e dizia que ela também havia sido dada como morta. Havia, na página da internet, fotos de todos os membros de sua família, inclusive a dela, e havia ainda uma foto do jazigo da família, com placas contendo seus nomes, mas a reportagem relatava que ali não se encontrava corpo algum, já que eles haviam sido, provavelmente, carbonizados por completo no incêndio. Os bombeiros e a polícia não conseguiram determinar a causa do incêndio, pois parecia ter havido uma explosão no interior da casa, algo pouco provável, pois não havia resquício algum de material inflamável na casa e o botijão de gás, que se encontrava na área externa da casa, permanecia intacto. Aliás, chamara a atenção o fato de apenas a casa ter sido consumida, não atingindo nenhuma casa vizinha. O fogo se extinguiu tão rápido quanto surgiu, destruindo completamente a casa dos Layil e deixando em seu lugar apenas cinzas.

As fotos que mostravam o "antes" e "depois" do sobrado branco fizeram lágrimas rolar pelo rosto da vampira, que pela primeira vez chorou sangue. Deu um soco na escrivaninha onde o computador estava apoiado, quebrando-a, devido a sua força incontida. A dor dilacerava seu ser por completo, sua cabeça parecia que ia explodir e sua alma, se despedaçar. Foi aí que ela se lembrou de tudo.

Lembrou da mãe, severa, exigente, rígida, superprotetora, que no fundo só desejava o melhor pra ela. Lembrou do pai, tão amoroso e presente, da tia, carinhosa e atenciosa e por fim, da irmã, sua companheira de todas as horas, a doce e meiga Ester. Passaram-se em sua mente os momentos alegres da infância, as descobertas da adolescência, os amigos, os sonhos, os projetos, as dores, as perdas. Por último, lembrou-se do câncer que a acometera e da terrível revelação que ele lhe trouxera, o que levou à ultima discussão com a família, sua fuga de casa e o derradeiro encontro com Alejandro. Alice se convulsionava e gritava de dor, em plena agonia. Nem percebeu quando os primeiros raios solares começaram a entrar pela imensa janela do escritório, atingindo-a em cheio. A dor emocional mesclava-se à dor física e ela já não conseguia distinguir o que era ilusão, lembrança, do que era real. Seu corpo estava em chamas, e ela não conseguia se controlar. Foi quando passos apressados se aproximaram e logo a escuridão se fez presente. Alice malmente percebeu que alguém havia fechado a cortina, que era do tipo blackout, impedindo que a luz solar continuasse a atingi-la. Com toalhas, abafaram as chamas em seu corpo e logo braços fortes a levaram para a segurança de seu caixão, onde ela adormeceu rapidamente.

Quando despertou, mal se lembrava do que havia acontecido. Ao tentar se mexer, ainda dentro do ataúde, sentiu todo o seu corpo doer. Gemeu audivelmente e, para sua surpresa, a tampa do sarcófago foi rapidamente aberta. Carol a fitava com o semblante cheio de preocupação.

– Alice, graças a Deus!
– Carol, o que houve?
– Eu é que pergunto. Acaso está tentando se matar, é? Se não fosse por Bernardo e Odete, você estaria morta a uma hora dessas, reduzida a pó!
– Quem?

Respondendo à sua pergunta, dois humanos, aparentando terem mais ou menos cinquenta anos de idade, se aproximaram, assustados, analisando-a com preocupação.

– Estes são Bernardo e Odete. São os humanos que cuidam da manutenção e limpeza do apartamento. Também cuidam de manter os enxeridos afastados daqui enquanto estamos em nosso transe vampírico. Eles ainda se passam por meus pais.

Alice analisou os dois humanos mais cuidadosamente e percebeu que eles poderiam sim, se passar facilmente por pais de Carol, pois possuíam os mesmos cabelos e olhos castanhos e os mesmos traços finos. É claro que eram tão atraentes quanto Carol, uma vampira exuberante, mas podiam atribuir isso à idade.

– Eu esperava poder apresentá-los a você numa ocasião mais fortuita, mas enfim...

– Muito obrigada por terem me salvado – agradeceu a vampira – Devo minha vida a vocês.

– A eles e ao seu fator de cura, que agiu durante o seu transe vampírico. Basta um pouquinho de energia vital e você estará novinha em folha.

Alice voltou-se para os dois humanos, subitamente sentindo sua fome interior despertar. Carol rapidamente adivinhou seus pensamentos e interveio:

– Oh, não, Alice, eles não são doadores de sangue. Teremos que sair para "caçar".

– Carol, honestamente, não estou no pique.

– Mas você precisa. Venha, vamos nos arrumar.

Capítulo 13

Alice podia sentir os olhos do manobrista devorando-lhe da cabeça aos pés quando foram deixar o carro num estacionamento próximo à casa noturna onde Carol a levou. Ela não estava no maior clima de farra, mas a amiga lhe deu uma cotovelada discreta, encorajando-a a dar mole para ele. Alice abriu um sorriso amarelo, mas nada convincente; mesmo assim, o rosto do rapaz se iluminou com a ínfima esperança que ela lhe deu. Carol riu alto, puxando-a pelo braço:

– Se anima, garota! Essa noite você precisa se alimentar! Você bem que poderia pegar esse rapaz como aperitivo...

– Me dá um tempinho, ok? Acabo de descobrir que minha família inteira está morta.

– Mais um motivo para você seguir em frente! Não há nada esperando por você lá atrás! *Carpe diem*!

Ainda desanimada, Alice adentrou a badalada casa noturna, localizada em Moema, e Carol rapidamente lhe arrumou um drinque, para ajudá-la a se animar. Encostada no balcão do bar, ela correu os olhos por entre a multidão ali presente, e de repente, deteve seu olhar num rapaz que a olhava insistentemente. Ele percebeu que conseguira atrair a atenção da garota, e, com isso, esboçou um sorriso.

Estonteantemente lindo, apesar de o lugar ser frequentado por pessoas bonitas de modo geral, ele se sobressaía na multidão. De cabelos ondulados e negros e olhos verdes, pele muito branca, ele usava uma camiseta verde, que fazia seus olhos se destacarem ainda mais em seu rosto quadrado e perfeito. O rapaz continuou a encará-la, praticamente desnudando-a por inteiro, como que vasculhando através de seus recônditos mais profundos. Ela ficou paralisada e boquiaberta, enquanto ele atravessava a pista para abordá-la.

– Uau! – exclamou ele. – Que sorte a minha!
– Por quê?
– De encontrá-la aqui, hoje.
– Hum, que cantada mais barata – riu ela.
– É sério, eu a estava procurando.
– Sei – respondeu, com ironia na voz.
– Você está sozinha?
– Estou com uma amiga – respondeu ela, que, ao se virar para procurar Carol, não a encontrou. Correu os olhos pela multidão em busca dela, mas não a encontrou. Tentou captar sua assinatura energética, mas foi em vão. Onde aquela vampira havia se metido?

– E ela é assim, como você? – perguntou, com malícia no olhar.
– Ela não é tão bonita como eu – respondeu ela, rindo.
– Ah, isso eu tenho certeza de que não é mesmo – ele riu, dando um último gole no copo que trazia na mão.

Alice também terminou seu drinque e ele ofereceu:
– Aceita mais um?
– Sim, claro.

O rapaz pediu os drinques ao barman, que o atendeu rapidamente, e antes de entregar o copo à garota, ele perguntou:
– Qual seu nome?
– Alice.
– O meu é João Eduardo.
– João Eduardo? Parece nome de galã de novela mexicana.
– De onde eu venho, ele é bem comum.
– E de onde você vem?

Após uma pausa dramática, ele respondeu, com um sorriso debochado:

– Do México!

Alice disparou a rir e ele comentou, satisfeito:

– Que bom que consegui fazê-la rir. Você estava tão sisuda quando chegou.

– Você me viu chegar?

– Gata, eu acompanhei cada passo seu, desde que colocou os pés aqui.

– Hum, fico lisonjeada.

– E é para ficar mesmo. Muitos gostariam de estar em meu lugar agora.

– Você é sempre tão galanteador assim?

– Sempre – respondeu, fixando o olhar no dela.

Alice não sabia explicar o que aquele estranho rapaz provocava nela. Desde que se tornara vampira, acostumara-se a ser sempre a predadora, aquela que tomava a iniciativa, que intimidava, que comandava a situação. Com João, entretanto, se sentia retraída, acuada, como se ela fosse a presa e não o contrário. Talvez isso se devesse ao seu estado de espírito, que, convenhamos, não era dos melhores. Virou o copo de bebida de uma vez só e a bebida logo fez efeito, percorrendo seu corpo, aquecendo-o, fazendo com que ela se animasse rapidamente. Ela se sentia como se ainda fosse humana e houvesse bebido de estômago vazio, fazendo o álcool agir rapidamente, e para dizer a verdade, ela de fato estava faminta.

– Vamos dançar um pouco? – convidou, pegando na mão do rapaz e o arrastando para a pista.

– E dá para recusar, com você me pedindo assim, tão carinhosamente?

Alice riu e decidiu tomar as rédeas da situação, respondendo:

– Não. Essa noite você será meu... e só meu.

– Como você quiser – respondeu ele, surpreso.

Ela estranhou a reação dele, pois ele estava flertando com ela desde que o avistou, entretanto, agora que ela enlaçava seu pescoço e dançava com ele de forma insinuante, ele parecia estar admirado com a demonstração de interesse explícito dela. Alice tentou não se preocupar demasiadamente com isso, pois a música alta e a bebida começavam a entorpecer levemente seus sentidos, e ela queria se divertir. Naquela noite ela não deixaria que nada ficasse em seu caminho. Então, jogando os cabelos para trás, ergueu os braços e deixou que o ritmo conduzisse seus movimentos, numa dança sexy e provocante. João a abraçou por trás e a enlaçou pela cintura, dançando junto com ela. Repentinamente, os lábios dele encostaram em sua pele, beijando seu pescoço, subindo maliciosamente em direção à sua orelha para mordê-la levemente. Ela soltou um gemido e virou-se para ele, que sem hesitar a puxou para mais perto e beijou-a ardorosamente. Ficaram assim por algum tempo, ignorando a multidão em volta deles, apenas curtindo o beijo que se prolongava mais e mais.

Estranho, pensou ela, dando-se conta de algo. Eu deveria estar me alimentando da energia dele. Por que nada está acontecendo enquanto nos beijamos?

Então, como que respondendo à sua pergunta, a vampira começou a sentir um pequeno e delicioso filete de energia fluir da boca dele para a sua. O fluxo era fraco, porém revigorante, uma energia diferente de todas as que ela já havia experimentado.

– Uau! Isso foi...
– Incrível? – concluiu ele.
– É, foi mesmo – e então, ela o agarrou pelo colarinho e o beijou novamente.
– Venha comigo! – pediu ele, de repente, conduzindo-a entre a multidão e levando-a a algum lugar adiante.
– Para onde está me levando?
– Você já vai saber – prometeu ele.

Capítulo 13

Subindo as escadas, chegaram ao *dark room*, onde dezenas de casais trocavam carícias ousadas e alguns até praticavam relações sexuais, aproveitando a escuridão e o sigilo do ambiente. O cheiro de luxúria impregnava o lugar e aquilo a revigorou ainda mais. Checou os ferimentos que tinha no braço, escondidos pela manga longa do vestido, e constatou que eles haviam cicatrizado. A energia que recebera de João Eduardo de fato era poderosa.

Ele interrompeu seus devaneios, empurrando-a violentamente contra a parede, usando o peso de seu corpo e colando os lábios aos dela. Mais uma vez, uma gostosa onda de energia fluiu dele pra ela, e enquanto ele abandonava sua boca para beijar seu pescoço, ela se deliciava com o alimento renovador, degustando-o. Ele suspendeu as pernas dela até a altura de sua cintura e se encaixou entre elas. A vampira o arranhava e mordia, em excitação pelo que viria a seguir. Os braços de João eram fortes e suas costas e peitos, definidos e torneados, seu corpo seria capaz de levar qualquer mulher à loucura. Ela sentiu seu membro rijo, através das poucas peças de roupas que separavam seus corpos.

– Você me quer, Alice? – perguntou ele, sussurrando ao seu ouvido.

– Sim... Quero... – gemeu ela, quase implorando.

Afastando sua calcinha para o lado, ele a penetrou de uma só vez, arrancando gemidos incontidos dela e fazendo-a arquear o corpo para trás. O ritmo, a princípio lento, foi aumentando, levando-a à loucura. Ele a beijava e deslizava as mãos pelo seu corpo, provocando nela ondas de prazer, deixando cada centímetro de seu corpo pulsando de desejo. Não demorou muito para que ela atingisse o clímax e ele a acompanhasse, gemendo de satisfação. Uma boa descarga de energia fluiu dele para ela e uma sensação arrebatadora a envolveu completamente da cabeça aos pés, fazendo seus músculos se retesarem e seu corpo tremer em orgasmo e júbilo.

Olhando profundamente em seus olhos, ele declarou:

– Nossa, você é a vampira mais gostosa que eu já peguei.

Desvencilhando-se dele e empurrando-o violentamente, ela exclamou:

– Como é? Do que você está falando?
– Ora Alice, achei que você tivesse percebido...
– Percebido o quê?
– Que eu também sou um vampiro.

Capítulo 14

Furiosa, Alice se afastou do vampiro a passos largos, abrindo caminho pela multidão. Ele, entretanto, a alcançou rapidamente, agarrando-a pelo braço.

— Me larga! — ordenou ela.

— Ora, Alice, por que ficou tão irritada?

— Você mentiu para mim!

— Eu não menti em momento algum, eu só omiti — respondeu com um sorriso irônico. — Além disso, eu só queria conversar, foi você quem me atacou!

— Aff, mais essa agora!

— Você devia ter desconfiado que havia um motivo para eu ser assim tão irresistível.

— Deve ser sua humildade, né? — respondeu ela, abrindo um sorrisinho.

— Ei, ei, ei. Que diabos está acontecendo aqui? — era Carol que acabara de chegar e não parecia nem um pouco satisfeita com a cena que presenciara. — Tire as mãos da minha protegida, seu vampiro nojento.

— Ora ora, se não é uma das crias do Sebastian? Então Alice é sua protegida, hein?

— Sim. Eu a encontrei primeiro. Tire as mãos dela se não quiser se arrepender.

— Quem você pensa que é para falar assim comigo, sua vampirazinha de quinta?

Sem responder, Carol avançou para cima dele, e agarrando-o pelo pescoço, o empurrou contra a parede e o levantou acima de sua cabeça.

– Quem você está chamando de vampirazinha de quinta? – gritou ela, sem se importar com as pessoas ao redor.

– Você, sua vadia – respondeu ele, passando as pernas pela cintura dela, apertando-a com seus membros inferiores poderosíssimos.

Dando um grito de dor, a garota o soltou e os dois caíram ao chão, cambaleantes, e foi a deixa que Alice encontrou para se interpor entre os dois.

– Ei, calma lá. O que está acontecendo, afinal de contas?

– Eu é que pergunto, Alice, o que você estava fazendo com esse ser?!

– Algo que ela não pode fazer com você, queridinha – respondeu ele, com um sorriso jocoso.

– O quê? Você transou com esse cara?

– Er...

– Alice, pelo amor de Deus, não sabia que você não pode trocar energia com outro vampiro assim levianamente?

– Eu não sabia que ele era um vampiro! Aliás, ainda não entendi por que você dois estão brigando!

– Ele é de um clã inimigo, Alice.

– Hã?

– Na verdade, eu a procurei para lhe fazer uma proposta, Alice. Me procure se estiver interessada em sobreviver. Dias negros vêm por aí – dizendo isso, ele estendeu um cartão pra ela e, dando as costas, desapareceu rapidamente.

– Me dê isso aqui! – ordenou Carol, tentando pegar o cartão das mãos de Alice, mas a vampira logo desviou dela e guardou o cartão em seu sutiã.

– Não. Ele deu para mim. O que houve, Carol? Nunca a vi assim, o que está rolando?

Olhando nervosamente ao redor, Carol convidou:

Capítulo 14

– Vamos sair daqui. Está todo mundo olhando para a gente. Preciso conversar com você em um local mais reservado.

De fato, todos ao redor estavam admirados com a cena que se desenrolara ali há pouco. Não conseguiam entender como uma garota tão pequenina e franzina pudera combater um homem, bem maior e mais forte que ela, em pé de igualdade. Carol arrastou Alice para fora da boate e, assim que entrou em seu carro, fez uma ligação para Sebastian e colocou o celular no viva-voz para que a amiga também ouvisse a conversa. Enquanto dirigia em alta velocidade, ia conversando com seu criador e mestre:

– Carol, o que houve? – questionou ele, tão logo atendeu a chamada.

– Um vampiro do clã de Victor contatou Alice.

Ele fez uma pausa, enquanto "digeria" a informação, depois perguntou:

– Como?

– Aparentemente, ele a seduziu, e como ela é novata, caiu feito um patinho!

Indignada, Alice protestou:

– Ei! Não foi bem assim.

Carol fez sinal para que ela se calasse, para ouvir o que Sebastian tinha a dizer:

– E o que exatamente ele queria com ela?

– Disse que tinha uma proposta para ela. Que tempos perigosos vêm aí.

Nova pausa se fez e ele então disse:

– Acho que você deve ir até ele e ver que proposta é essa, Alice.

– O quê?! – exclamou Carol, exasperada.

– Carol, tempos sombrios se aproximam para o mundo e para nossa espécie. Quem não tiver aliados, provavelmente perecerá. Deixe que Alice faça essa "ponte" para nós e tente você também se juntar a esse clã.

– Acho que isso vai ser difícil – comentou Alice.

– Por quê? – quis saber ele.

– Porque Carol se engalfinhou com o cara.

– Isso acontece. Basta pedir desculpas e tudo estará resolvido.

– O quê? Eu, pedir desculpas àquele brutamontes?

– Carol, caso você não tenha percebido, isso não é uma sugestão, é uma ordem. Trate de desfazer essa confusão que você armou e se infiltrar no clã deles. Estarei de volta ao Brasil em breve e espero encontrar essa situação resolvida quando chegar, entendido?

– Entendido – respondeu ela, de má vontade.

– Certo, então, até mais, meninas.

– Até mais.

Carol ficou enfurecida com a ordem e pisou fundo no acelerador, chegando rapidamente ao seu destino. Alice permaneceu em silêncio, pois julgou melhor aguardar a amiga se acalmar. Carol estacionou em um barzinho próximo à Avenida Paulista e entrou feito um raio no estabelecimento.

– Boa noite, senhorita Carol – cumprimentou a garçonete.

Carol apenas gesticulou a cabeça em cumprimento à simpática atendente.

– A mesma mesa e a mesma bebida de sempre?

– Sim, para nós duas.

– É para já – respondeu a funcionária, se afastando.

– Pelo jeito, você é freguesa do lugar.

– Sempre venho aqui quando quero apenas tomar uma. Não mexa com nenhum dos clientes daqui ou vai estragar meu recanto. Se bem que, depois de transar com o vampirinho lá, você já deve estar mais que satisfeita.

Dizendo isso, Carol se dirigiu à mesa localizada no canto mais escuro e isolado do estabelecimento. A garçonete trouxe dois copos de uísque com gelo.

– Uísque? – questionou Alice.

– E é dos bons e caros. Aproveite – disse ela, tomando um gole da bebida amarga e fazendo uma careta.

Capítulo 14

Um pouco receosa, Alice deu um trago na bebida. O sabor não lhe era agradável, mas a sensação que ela trazia, sim. Julgou então que valia a pena. Beberam três doses da bebida em silêncio, até que Alice decidiu inquerir:

– E então? Vai me contar o que que está rolando?

Carol terminou sua terceira dose de uísque e sinalizou para a atendente trazer-lhe mais. Assim que a bebida chegou, ela deu mais um gole e então falou:

– Aquele vampiro babaca que você encontrou hoje pertence a um clã rival ao nosso.

– Nosso clã? Nem sabia que pertencíamos a um!

– Tecnicamente pertencemos sim. Pertencemos ao clã de Sebastian. Seguimos suas ordens e estamos sob sua guarda e sua proteção. Devemos respeitar seu território e suas regras.

– Regras? Que regras?

– Não devemos nos misturar com os vampiros do clã de Victor Alesi, por exemplo. Mas, ao que parece, essa regra foi descartada.

– Quem é Victor Alesi?

– Victor Alesi é o vampiro mais antigo do Brasil e um dos únicos que possui seu próprio clã. A maioria de nós vive sob a tutela de seus criadores, íncubos e súcubos que nos deram vida, ensinamento e proteção. Alguns vivem desgarrados, mas nenhum outro vampiro coordena seu próprio clã, apenas Victor.

– E por quê? Onde está o criador dele?

– Ninguém sabe quem o criou ao certo. Existem boatos, mas não sabemos se algum é verdadeiro.

– Mas por que eles são considerados nossos inimigos?

– Inimigos não é exatamente a palavra. Eles são considerados nossos rivais. Ao contrário dos outros clãs que possuem membros espalhados por todo o mundo, o clã de Victor concentra todos os seus adeptos aqui na cidade de São Paulo, o que torna seu grupo extremamente poderoso e unido, ao menos aqui na capital, onde são imbatíveis. Victor é considerado, pelos íncubos, um "mau exemplo", pois, se todos os vampiros decidirem viver por conta própria como ele, o reinado dos íncubos e súcubos chegará ao fim.

– E isso seria ruim?

– Isso fatalmente nos levaria a uma guerra sem precedentes e desnecessária. Motivo pelo qual jamais deram "um fim" ao Victor, inclusive. Ninguém quer declarar guerra à sua própria espécie ou a seus descendentes, como os íncubos gostam de nos chamar.

– Entendi. Mas qual pode ser o interesse deles em mim?

– Olha Alice, sobre essa questão, sei muito pouco e, mesmo o que sei, não posso lhe falar, pois você teria um surto aqui e isso não seria nada bom.

– Em casa você me conta, então?

– Tudo tem seu tempo, Alice. Por ora, vamos cumprir o que Sebastian ordenou e entrar em contato com seu novo namoradinho – concluiu ela, referindo-se a João Eduardo.

Capítulo 15

O barulho da tampa de seu caixão sendo arrastada despertou Alice:

– Ai, Carol, que susto! Isso está se tornando repetitivo, sabia?

Emburrada, a vampira lhe estendeu o celular:

– Vai, ligue para ele.

– Para quem?

– Para o Taylor Lautner que não é! Para o vampiro que você conheceu ontem!

– Ah, tá, calma, acabei de acordar. Tô ligando, tô ligando.

Pegando o cartão que João Eduardo lhe dera e que ainda estava escondido em seu sutiã, a vampira discou o número que ali estava e, para sua surpresa, sentiu seu coração disparar quando ele atendeu:

– Alô.

– João? É Alice.

– Ah, olá, Alice, não esperava que me ligasse tão rápido.

– Pensei na sua proposta e fiquei curiosa. Quero conhecer seu clã.

– Oh, que bom. E o que sua amiguinha e o mentor dela acham disso?

– Na verdade, foi ele quem me pediu pra entrar em contato...

– Que interessante. Bem, mas quem sou eu para questionar minha sorte? Ficarei feliz em apresentá-la ao meu mestre. Com certeza já lhe falaram dele.

– Falaram sim.

– Ótimo. Quer que eu a pegue em casa ou você prefere me encontrar?

Indecisa, procurou os olhos da amiga, em busca de instruções. Carol cochichou, dizendo que a levaria até ele.

– Prefiro te encontrar. Me passe o endereço e local.

– Ok. Mandarei no seu whatsapp, tudo bem?

– Está bem. Até amanhã então.

– Até amanhã. Ah, só mais uma coisa!

– O que?

– Estou com saudades.

Ao dizer isso, ele interrompeu a ligação, deixando Carol furiosa.

– Canastrão! Cafajeste! Don Juan! Alice, me diga que não vai cair na lábia desse cretino!

Rindo, Alice respondeu:

– Carol, Sebastian mandou vocês fazerem as pazes e serem "amiguinhos", lembra?

– Hunf. Mas isso não quer dizer que eu deva aceitá-lo como "cunhado".

– Cunhado?

– Ué, você é praticamente minha irmã adotiva. Filha não porque não sou velha. Ao menos não na aparência. Mas ah, inferno, você entendeu!

Alice gargalhou, divertindo-se às custas da amiga.

– Quer saber? Hoje vamos fazer compras! – anunciou a vampira mais velha. – Não dá para você ficar usando as minhas roupas, pois é mais alta e mais magra que eu e também porque eu preciso desestressar.

– Mas eu não tenho dinheiro.

– Não se preocupe com isso. Nosso clã tem muito dinheiro e eu não deixarei você ir ao encontro de Victor Alesi malvestida, não senhora! Ele tem que saber que nós temos "bala na agulha", que não somos qualquer um!

– E onde vamos fazer compras à essa hora da noite?

– Essa é a vantagem de se viver em São Paulo, a cidade que nunca dorme. Além de termos diversos shoppings centers que funcionam até as dez horas, ainda existem butiques exclusivas que atendem clientes especiais, como eu, a qualquer hora do dia ou da noite. Tem uma ali na Avenida Paulista que é um luxo, tenho certeza de que você vai adorar.

Quando Carol estacionou diante da butique foi acolhida e rodeada pelas vendedoras da butique, que, solícitas, correram para atender sua cliente mais querida.

– Senhorita Carol, que prazer vê-la! Em que podemos ajudá-la esta noite? – saudou a gerente, que fez questão de atendê-la pessoalmente.

– Na verdade, nesta noite, trouxe minha amiga Alice para conhecer sua loja. Ela acaba de chegar à cidade e precisa renovar seu guarda-roupa.

Trouxeram-lhe inúmeras peças para que ela provasse e um vestido dourado destacou-se dentre todos os itens ofertados. Ela pediu para experimentá-lo. A vampira sentiu-se como uma princesa dentro dele e rodopiava, satisfeita, admirando-se no espelho, enquanto Carol, que estava acomodada em uma poltrona, degustando o champanhe que lhe fora servido, apenas observava sua alegria e entusiasmo.

Ela comprou também sapatos, joias, lenços, cachecóis e chapéus que combinavam perfeitamente com as roupas sofisticadas que escolhera. Deixaram a loja com o carro abarrotado de sacolas.

– Uau! – exclamou, quando entraram no carro –, acho que nunca comprei tanta coisa ao mesmo tempo assim. A-do-rei!

Carol riu, e ao dar partida no carro, disse:

– Eu sabia que ia gostar.

– Ah, mas seria impossível não gostar de comprar tanta coisa legal. Nem acredito que comprei o vestido que eu queria. Ele é realmente fabuloso. Mal vejo a hora de poder estreá-lo.

– Nesse caso – a outra vampira falou –, é melhor se acostumar. Garanto que não vai faltar ocasião.

– Humm – disse, animada –, agora você me deixou ainda mais empolgada.

– Essa é a ideia – respondeu ela –, temos todo o tempo do mundo. E o mundo está cheio de oportunidades e diversão para quem sabe aproveitar.

– E, pelo visto, você sabe.

– Alice, se você ficar ao meu lado, vou lhe ensinar tudo o que sei, vou lhe ensinar a aproveitar o melhor que a vida de um vampiro pode lhe oferecer, ensinarei a se proteger, a caçar, a sobreviver às lembranças e aos maus momentos. Sei que nos encontramos porque Sebastian ordenou que eu a procurasse, mas me afeiçoei a você de verdade.

– Ô, amiga, eu sei disso, não precisa ficar insegura. Jamais vou trocá-la por bofe nenhum, não se preocupe.

– Hunf. Será que eu sou páreo para o peito musculoso e definido do João Eduardo? – disse, estufando o peito, assumindo uma postura empertigada.

As duas riram e partiram para mais uma noite de "caçadas" e muita diversão em uma boate qualquer da Zona Sul.

Capítulo 16

No horário combinado, Carol estacionou seu carro em frente ao endereço que João Eduardo lhe passara. Tratava-se de uma boate com o sugestivo nome de "Madame Satã". Localizada em uma esquina próxima ao centro, ela funcionava em um antigo casarão que fora reformado para abrigar a casa noturna. Em sua fachada havia desenhos de chamas e, em seu telhado, havia uma estátua com asas de morcego, garras em lugar dos pés e uma forma humanoide, apesar de grotesca. Carol analisou a escultura e comentou:

– Trata-se de um súcubo.

– O quê? Mas eles não são criaturas lindas e atraentes?

– À noite sim, mas durante o dia possuem essa aparência grotesca, eles não queimam nem morrem à luz do sol como nós, mas sua verdadeira forma é revelada.

– E por que possuímos essa maldição?

– Lilith foi condenada a ser a rainha da escuridão. Nós, como seus descendentes, também o fomos. Aliás, acho que o nome da boate e também a escultura talvez sejam referências a ela. E talvez isso explique o interesse deles em você. Bem, você vai ter que entrar lá para descobrir. Eu ficarei aguardando você aqui. Qualquer problema, me dá um toque que eu corro para te resgatar.

– Ok. Me deseje sorte.

– Boa sorte com aquele mala sem alça do João Eduardo.

– Aff.

A vampira desceu do carro e se dirigiu à entrada da boate, onde o segurança, munido de uma prancheta nas mãos, verificava o nome das pessoas que se aglomeravam ali. Ele anunciava, em altos brados, que naquela noite estava acontecendo uma festa particular e que apenas convidados com o nome na lista poderiam entrar. A garota se aproximou do homem, a fim de interpelá-lo, mas quando ele colocou os olhos nela, um calafrio percorreu sua espinha. Fazendo uma careta e analisando-a dos pés à cabeça, ele perguntou, ignorando toda a fila que se formava diante dele:

– A senhorita deve ser a convidada do senhor João Eduardo, estou certo?

– Sim – respondeu, ainda com um certo mal-estar ao encarar aquele homem esquisito.

– Pode entrar, ele a está esperando.

Houve alguns protestos advindos da fila, mas Alice ignorou, estava apreensiva demais para se preocupar com algo tão banal. Ao adentrar a casa noturna, a vampira ficou estupefata com o que viu. Com as paredes rústicas, de tijolos aparentes e um lustre imenso no teto, em formato de um pentagrama, contando com uma vela em cada ponta, e as grossas colunas e as imensas janelas que emolduravam o bar, o lugar era simplesmente incrível! Ela se sentiu transportada para um passado remoto, ou a um filme de terror. A penumbra que imperava no ambiente, iluminado apenas a luz de velas e lampiões, completava o clima e a deixava embasbacada. Ela ainda estava admirando o ambiente quando João Eduardo a encontrou.

– Lugar legal, né? – perguntou ele, ao percebê-la admirada com a decoração do local.

– Maravilhoso.

– Maravilhosa está você com esse vestido dourado – elogiou ele.

– Ah, obrigada. Você também não está nada mal com essa camisa e calças pretas, parece o Conde Drácula.

– Há, há, há, engraçadinha a senhorita. Se eu sou o Conde Drácula, isso faz de você Mina, a noiva de Drácula.

– Noiva? Epa, peraí, que papo sinistro é esse?

– É forma de dizer, sua boba – dizendo isso, ele enlaçou sua cintura, puxando o corpo dela para junto do seu, e lhe deu um beijo arrebatador. – Mas, se você quiser, podemos partilhar a vida eterna...

– Larga mão dessa baboseira e me mostre o resto da casa, João.

– Está bem, venha conhecer a pista de dança no andar inferior.

No subsolo do lugar, ficava a pista de dança. Se o ambiente superior já era escuro, esse era completamente negro. Mesmo com seus sentidos aguçados, a garota achou difícil enxergar alguma coisa. Apenas luzes estroboscópicas piscavam aqui e ali, marcando o ritmo da música gótica que preenchia o lugar. Quando seus olhos acostumaram-se à escuridão, Alice conseguiu vislumbrar pessoas dançando, casais se beijando e, em um canto da pista, ela viu, em um sofá, três vampiros atacando uma mulher. Um estava com os dentes cravados em sua jugular e outros dois faziam o mesmo, um em cada pulso da vítima. A jovem permanecia imóvel, com uma expressão de êxtase no rosto.

– Mas o quê...? – ela não conseguiu formular a pergunta e apenas apontou o sinistro quarteto para João Eduardo, que lhe explicou:

– Aqui é a sede do nosso clã. Grande parte do público aqui presente hoje é constituído de vampiros. Você ainda não aprendeu a distingui-los devido à sua inexperiência, mas logo você se acostumará. Os humanos que aqui se encontram sabem disso e são doadores de sangue, e agem assim, na esperança de se tornarem um de nós ou simplesmente por nos considerarem deuses e julgarem uma honra nos alimentar e servir.

– Mas vampiros não podem criar outros vampiros.

– Nós não podemos. Mas nossa mãe pode.

– Mãe? Do que você está falando?

– Venha comigo, Alice, vou lhe mostrar nosso templo.

Dizendo isso, João a puxou pela mão e levou até o canto oposto da pista, onde havia, quase que imperceptivelmente, um alçapão, que mesmo ele, usando sua força vampírica, teve dificuldade em abrir. Uma escada que levava a mais um pavimento inferior surgiu e ele a convidou a percorrê-la em sua companhia. O pavimento secreto era iluminado também com velas, mas o que chamou a atenção de Alice é que eram velas vermelhas. O ambiente era de um enorme saguão, com duas escadarias laterais, uma que eles haviam descido, e outra que levava a uma pesada e antiga porta de madeira. Exatamente no centro do saguão havia uma estátua enorme esculpida em mármore preto, de uma mulher, simplesmente linda e sexy, de cabelos longos e lisos, que vestia um manto preto, de capuz e nada mais. Os traços dela eram muito familiares a Alice, que logo percebeu que a estátua parecia ter sido recriada a partir de sua falecida irmã, Ester. Havia, aos pés da imagem, uma fonte, por onde corria um líquido vermelho. Sangue. O cheiro do líquido impregnava o lugar, que João Eduardo lhe mostrava, orgulhoso.

– Essa é Lilith, nossa mãe. E esse é seu templo. Nós somos "Os filhos de Lilith".

Alice não queria admitir, mas o lugar lhe dava arrepios.

– Pronta para conhecer nosso líder? – indagou ele.

– Acho que sim.

– Então venha.

João a conduziu pela escadaria oposta, que levava à porta antiga de madeira. Bateu à porta e um segurança, tão taciturno quanto o da recepção, os recebeu. Ele também dava calafrios na garota. Entraram em uma antessala escura, e o homem anunciou:

– Pode entrar, João, o mestre o está aguardando.

Alice e João Eduardo adentraram o recinto e a vampira depositou sua atenção na escrivaninha de carvalho escuro, mobília fina, bem como todos os demais itens que compunham o restante da decoração do recinto.

– Você deve ser Alice – disse um homem aparentando cerca de trinta anos, cujo rosto possuía um formato longilíneo e entradas avançando sobre seu cabelo escuro impecavelmente penteado para trás. Ele vestia camisa branca de punho sem gravata, calças pretas e um paletó azul-escuro, cujo caimento era perfeito.

– Sim – respondeu ela um pouco intimidada pela forma como aqueles olhos castanhos e brilhantes a estavam encarando. – Sou eu mesma.

– Muito prazer, Alice – disse ele aproximando-se para cumprimentá-la e beijar sua mão, em uma reverência. – Meu nome é Victor Alesi.

– Já ouvi falar muito a seu respeito.

– Oh, sério? E o que falaram sobre mim?

– Que é o vampiro mais antigo do Brasil. E que é o único que possui seu próprio clã, o único que não obedece a nenhum íncubo ou súcubo. Também me disseram que ninguém sabe quem foi seu criador, nem por que você não o serve. Alguns acreditam até mesmo que você o matou.

– Ah, não, não. Eu não o matei. Meu criador, apenas, é diferente dos outros íncubos. Ele não quer formar seu próprio clã, deseja apenas servir à nossa mãe, assim como eu e todos os meus aliados. Aliás, Alice, você melhor que ninguém deveria saber disso, afinal, possuímos o mesmo criador...

– O que?!

– Sim, Alice, também fui gerado por Alejandro, o primogênito.

Súbito, a cabeça de Alice começa a girar e sua visão a se turvar, e João Eduardo precisa ampará-la para que ela não caia no chão. Sua consciência, entretanto, está longe dali. Ela se encontra imersa em lembranças, lembranças que ela preferiria esquecer.

∗∗∗

Alice se viu na praia, em um lindo pôr do sol. Não havia ninguém à vista. Ela molhava os pés na água, enquanto caminhava despreocupadamente. Usava um vestido florido, esvoaçante, e um chapéu de palha muito bonito, com um laço. Estava alegre e em paz. Uma voz familiar chamou seu nome e, ao virar-se para ver a quem ela pertencia, para sua surpresa e satisfação, se deparou com Tiago, seu namorado. Acenou para ele, que veio correndo em sua direção e, tomando-a nos braços, deu um rodopio com ela, beijando-a carinhosamente. Abraçando-a com ternura, ele acariciou seus cabelos e suas costas, enquanto ela jogava os braços em volta de seu pescoço, sem interromper o beijo, tão apaixonado e profundo. Ele apertou seu corpo contra o dela, e as carícias se tornaram mais urgentes, mais instigantes. Seguindo o mesmo ritmo dele, ela começou a acariciar suas costas, deslizando a mão para dentro de sua camiseta, sentindo sua pele, seu corpo já tão conhecido e tão amado. Tiago beijou seu pescoço, enquanto abria os botões frontais do vestido dela, liberando o acesso aos seios juvenis da namorada. Primeiro ele os acariciou com as mãos, depois, deslizando sua boca até eles, os beijou e sugou delicadamente. Alice tirou a camiseta dele e também beijou seu peito. Ela adorava o cheiro dele, aquele cheiro tão característico que apenas ele possuía, um cheiro suave e adocicado. Delicada e lentamente, ele a deitou sobre a areia ainda úmida e terminou de abrir seu vestido, sem pressa e sem jamais cessar os beijos e as carícias. Alice usava uma lingerie branca, de renda, não muito ousada, mas bonita. Tiago a admirou por um instante e comentou:

– Linda.

Sorrindo, ela o puxou para mais um beijo, enquanto ele deslizava as mãos pelas suas pernas torneadas. Ele beijou todo o seu corpo, desde a orelha, passando pelos seios, barriga e pernas, até seu pé. Tiago era totalmente devoto a ela e a recíproca era verdadeira. Quando ele apertou o corpo contra o dela mais uma vez, ela sentiu sua ereção e então percebeu que ele já estava pronto, mais que pronto aliás, ansioso.

Capítulo 16

— *Você me quer?* — *perguntou ele, em um sussurro.*
— *Sim.*
— *Você será minha?*
— *Para sempre.*

Livrando-se da calça e das roupas íntimas, ele rapidamente se encaixou entre as pernas dela e a preencheu totalmente. A sensação era maravilhosa. Ela desejou que eles nunca mais se separassem, que estivessem para sempre juntos, sempre unidos, sempre assim, entregues. Tiago elevou o tronco e passou a penetrá-la de forma mais profunda e intensa, mas algo estranho começou a ocorrer. Apesar de prazerosa, a relação parecia minar as forças de Alice. Era quase como se ele sugasse sua energia a cada movimento, a cada toque. Ela pensou em pedir para ele parar, mas então, ao mirá-lo nos olhos, viu que em lugar dos doces olhos castanhos de sempre, agora existiam dois olhos vermelhos a encará-la. Assombrada, ela tentou sair de baixo dele, mas ele a segurou. Dando uma risada maquiavélica, ele começou a se transformar diante dela, em um ser monstruoso, com asas de morcego e garras em lugar das mãos e pés, para em seguida transformar-se em... Alejandro!

Ela tentou gritar, tentou se debater, mas era como se suas energias houvessem sido drenadas, ela não tinha forças para reagir nem se desvencilhar dele. Seu coração passou de disparado a um ritmo lento, cada vez mais lento, até parar de vez. O sangue que até então circulava quente em suas veias pareceu congelar e sua pele se tornou rija e pálida. *Estou morrendo*, pensou ela.

— *Não se preocupe, cara Alice, não vou deixá-la morrer, mas vou presenteá-la com a vida eterna!* — disse ele, antes que tudo se transformasse em um borrão e ela se visse novamente em seu cativeiro, sobre a cama.

Sem forças e quase desfalecida, ela assistiu a Alejandro abrir um corte em seu pulso com suas próprias presas e, em seguida, ele colocou algumas gotas de seu sangue na boca da garota. Sua garganta começou a arder e logo o ardor se espalhou por todo o seu corpo, seguido por uma dor intensa. Ela sentiu sua energia *se restabelecer e amplificar, dezenas de vezes. Suas feridas que tanto a incomodavam cicatrizaram instantaneamente e seu coração, apressado, bombeou o sangue recebido com muita força. Recuando, Alejandro assistiu à transformação da garota em vampira, extasiado. Ela gritou e se contorceu, caindo ao chão. A transformação durou horas e, quando ela finalmente acabou, Alice desfaleceu, exausta.*

Quando ela acordou, a luz solar que penetrava pelas frestas incomodou sua íris de uma forma inédita, fazendo-a buscar um canto escondido e escuro. Alejandro não se encontrava e ela não sabia se isso a deixava aliviada ou ainda mais assustada. Seus sentidos estavam ampliados, e ela conseguia ouvir o canto dos pássaros no lado externo e também o labor das pessoas a uma grande distância. Sentia ainda o cheiro de mato, de gado e de leite.

Estou em uma fazenda?, questionou-se ela. A fazenda de meus avós?

Porém, ao mesmo tempo em que ela constatou tal fato, também sentiu suas lembranças e memórias esvaírem-se. Já não era mais Alice Layil. Era apenas uma fera sedenta por sangue. Sentiu ganas de quebrar as paredes que a cercavam e atacar o primeiro ser vivo que encontrasse pela frente. O medo da luz solar, entretanto, a deteve. Assim que anoiteceu, Alejandro voltou ao esconderijo e a encontrou acuada, inquieta, andando em círculos pelo cativeiro. Sentia-se faminta, sedenta e fraca. Seus pensamentos, caóticos, estavam muito confusos e todo o seu corpo doía. Ao vê-lo, ela sentiu uma esperança e certo alento. Esses sentimentos, contudo, logo se tornaram ódio e revolta.

– O que você fez comigo?! – perguntou ela.

– Você agora é uma vampira, catita – declarou ele, abrindo um sorriso sarcástico.

Capítulo 17

– Maldito! – gritou ela, enquanto desferia um murro raivoso no chão de pedra da sala de Victor.

João Eduardo e Victor a observavam, calados. João estava de joelhos ao seu lado e a ajudou a se levantar.

– Vejo que acaba de se lembrar de seu processo de criação – comentou o ancião.

– Sim – respondeu.

– Acredite, é doloroso para todos nós. Os primeiros tempos de um vampiro são os piores, depois você se estabiliza.

João a conduziu até uma cadeira, localizada diante da escrivaninha de Victor. Ela se sentou e então o vampiro ofereceu:

– Quer beber algo? Uma água, um vinho?

– Aceito um vinho, obrigada – respondeu ela.

João se afastou e se dirigiu a um pequeno bar localizado no fundo da sala e encheu uma taça de vinho tinto. Victor se acomodou em sua escrivaninha, bem diante dela.

– João, por favor, me sirva um copo de uísque – pediu Victor, e o vampiro o atendeu prontamente. Ele então se dirigiu à garota: – Alice, eu a chamei aqui para formalizar o convite para que integre nosso clã. João me informou que você atualmente vive com uma protegida de Sebastian, estou correto?

Dando um gole no vinho, a vampira apenas assentiu com a cabeça.

– Mas você ainda não jurou lealdade a ele, não é mesmo?

– Não. Nem sabia que isso era necessário.

– Ah, isso é necessário sim, minha querida. Porque ele não é seu criador. Vocês precisariam fazer um pacto de sangue para que você se vinculasse a ele.

– E se eu aceitar fazer parte do seu clã, terei que fazer isso com você?

– Não, Alice, porque nosso clã é uma irmandade igualitária. Eu lidero esses vampiros, não os governo. Nós não servimos a nenhum íncubo ou súcubo, porque adoramos e vivemos para agradar nossa mãe.

– O João me falou isso. Vocês servem a Lilith, né?

– Sim. E foi ela mesma quem nos informou que tempos sombrios se aproximam, Alice, e precisamos unir nossa espécie, agora mais que nunca. Foi também ela que pediu que a encontrássemos, pois você será primordial nesses dias que virão.

– E quanto a Carol, minha amiga? Posso trazê-la comigo?

– O que Sebastian acha disso?

– Foi ele quem nos pediu para que nos juntássemos a você.

– Ótimo. Pois então diga à sua amiga que ela será bem-vinda. E em sua próxima visita, traga-a com você. Apenas uma coisa me preocupa em relação a Karolayne.

– Hã?

– Sim, o nome dela é Karolayne, você não sabia?

– Não sabia, não.

– Acredito que ela tem razões para esconder esse nome – comentou ele, rindo. – Mas, como eu estava dizendo, me preocupo com relação à dieta adotada por ela.

– Dieta? Como assim?

– Sei que Karolayne, assim como todos os vampiros guiados e ensinados por íncubos, se alimenta de energia sexual. Isso, porém, no meu clã, não é tolerado. Aqui, todos se alimentam de sangue e apenas de sangue.

– Por quê?

– Porque temos como princípio apenas nos alimentarmos daqueles dispostos a nos servir ou daqueles que merecem ser mortos. Bandidos, traficantes, e toda essa escória da humanidade. Sei que, antes de encontrar Karolayne, você também procedia assim. Porque essa é nossa natureza inata. É a natureza herdada de nosso criador. Somos contra atacar inocentes, roubando-lhes anos de vida preciosos e também porque sabemos que se cria uma ligação espiritual através da relação sexual. Nós, filhos de Lilith, portanto, só nos relacionamos com nossos iguais e com aqueles a quem somos afeiçoados, vemos o sexo como uma expressão de carinho e de amor, e não como uma simples "fonte de energia".

Aquelas palavras foram como um tapa na cara de Alice, que se virou para João Eduardo, que a olhou com carinho. Ela não fazia ideia da "dieta" seguida por ele, muito menos o que significara para ele ter se relacionado com ela. Para a vampira, não passara de um caso banal, mas para ele era algo mais profundo. Sem graça, decidiu prosseguir a conversação, levando-a para outro rumo:

– Todos os vampiros do seu clã são crias de Alejandro?

– Não, Alejandro raramente cria vampiros. Sendo o servo mais fiel de sua mãe, ele só o faz por ordem expressa dela.

– Então foi ela quem ordenou a ele que me transformasse? Por quê?

– Isso é um mistério até mesmo para mim, Alice. Infelizmente, nem eu tenho todas as respostas.

– E por que ele criou você?

– Para que eu reunisse todos os vampiros "desgarrados" por esse Brasil afora e também selecionasse alguns humanos com potencial para serem transformados diretamente por Lilith, nossa mãe. Esse, aliás, foi o caso de João Eduardo, nosso vampiro aqui presente.

– Para que ela quer esse clã?

– Nós somos um dos contatos dela com o "mundo exterior". Executamos tudo o que ela nos pede, como localizar você, por exemplo.

– E o que vocês ganham com essa servidão e adoração a Lilith?
– Ora, não é óbvio?
– Poder.
– Sim. Com Lilith ao nosso lado, temos bruxas à disposição e, quando necessário, até mesmo anjos caídos.
– Anjos caídos? Você quer dizer demônios?
– Não necessariamente. Demônios e jinnis.
– O que são jinnis?
– São anjos caídos que não servem a Lúcifer, vivem por conta própria.
– Não sabia que isso existia.
– Em poucos dias, você conhecerá um.
– Sério?
– Mas tudo a seu tempo, Alice. Agora, quero que se divirta e que pense sobre minha proposta. Posso lhe ensinar muitas coisas, e ainda oferecer proteção.
– Ok, obrigada pela oferta. E pelo vinho.

Voltando ao saguão do Templo de Lilith, Alice ficou estarrecida ao deparar-se com dezenas de casais de vampiros que transavam sem pudor, seus gemidos perfeitamente audíveis. Próximo à fonte de sangue, mulheres nuas ofereciam-se como carneiros para serem imoladas e terem seu sangue depositado na fonte já quase repleta, aos pés da estátua de Lilith.

– O que significa isso? – indagou Alice, horrorizada.
– Esse é um ritual típico de adoração a Lilith, minha cara – explicou João Eduardo, que a acompanhava. São três os elementos para se agradar a Lilith: sexo, sangue e magia.
– E cadê a magia?
– Ali – disse ele, apontando para algumas pessoas que pareciam estar em transe, de mãos dadas, em volta de uma mesa.
– Eles são bruxos?
– Sim. E por ordem de Lilith, servem ao nosso clã. Cuidam de nossa proteção, vigiando nosso passado, presente e futuro.
– E por que eles fazem isso?

Capítulo 17

– Em troca de poder. Como nosso clã está diretamente ligado a Lilith, que é a rainha das bruxas, os feiticeiros ligados a nós estão entre os mais poderosos do mundo.

– Tudo então, no mundo de vocês, se resume a poder?

– Ora, Alice, tudo no mundo não está relacionado a poder? Conhecimento, dinheiro, influência, status, fama, sucesso, tudo isso são apenas degraus para o poder. Por poder se mata, se morre. O poder move o mundo.

Alice refletiu um pouco sobre a declaração de João e foi obrigada a concordar que a visão dele sobre o mundo, apesar de mesquinha, era real. A humanidade tem se dizimado e esgotado o planeta, apenas em busca de cada vez mais poder. Talvez os vampiros sejam um mal necessário, afinal de contas, pois ajudavam a controlar o aumento populacional dos seres humanos e retardar o crescimento desordenado e a exploração inconsequente dos recursos naturais de nosso planeta. Talvez eles estivessem no plano de Deus, afinal. Talvez eles não fossem tão amaldiçoados quanto ela pensava. Especialmente se vivessem como Victor apregoava...

– João, você acredita em Deus? – ela perguntou.

– Em nosso mundo, Alice, não é uma questão de acreditar em Deus. Em nosso mundo, sabemos que ele existe.

– Como? Você já o viu?

– Não, mas já vi um anjo. E esse anjo seguia ordens expressas do Criador.

– Mas como você sabe que ele não estava mentindo?

– Anjos não podem mentir. Essa é a única coisa boa ao se lidar com eles. Eles jamais mentem. Se ele dizem: vou te matar, pode crer que vão mesmo – concluiu ele, rindo.

– E você acha que nós, de certa forma, podemos fazer parte do plano de Deus?

O vampiro refletiu por um instante, antes de responder:

– Talvez sim. Se assim não o fosse, os anjos já teriam nos dizimado e não teriam permitido que nos espalhássemos pela Terra.

– Mas, o que fazemos, não é... errado?

– Depende do ponto de vista. Talvez o conceito de pecado que os humanos têm não se aplique a nós.

– Será?

– Alice, pode o leão ser culpado por caçar e matar outros animais para se alimentar? Ou por ter diversas parceiras?

– Não, ele apenas age guiado por sua natureza, e para sobreviver.

– O mesmo se aplica a nós, entende? Imagina que caos seria no reino animal, se acaso todos os leões fossem dizimados?

– Sim, eles são importantes para o ecossistema.

– Assim como nós, predadores naturais dos seres humanos, também temos nosso papel na criação. Posso ser uma criatura do inferno, mas creio piamente que nossa existência não é aleatória, que faz parte do plano de Deus.

– Eu concordo com você em quase tudo, exceto em uma coisa.

– Qual?

– Que história é essa do leão ter várias leoas? – comentou ela, com um sorriso debochado.

João riu, entendendo prontamente o que ela queria dizer. Puxando-a para perto, declarou:

– Não seja boba, não sou eu o leão, estou mais para um lobo cinzento, que, apesar de viver em alcateias, liga-se de forma especial a uma só lobinha...

– Acho bom – comentou ela, puxando-o pelo colarinho para um beijo apaixonado. O beijo se intensificou e logo suas línguas estavam brincando, passeando pelos lábios, explorando limites, roçando em seus dentes, ávidas, famintas de energia vital. Logo, uma troca de energia se iniciou e Alice viu-se mergulhando em meio às memórias do íncubo, que a princípio surgiram meio borradas e sem foco, para então ganharem nitidez e substância. Era como estar assistindo a um filme, mas de forma mais substancial e real. Como se ela tivesse estado lá o tempo todo, agora que as memórias estavam se integrado às suas próprias. E o que viu a assustou e a fez recuar repentinamente.

– Ei, o que foi?

– Você... Eu... Vi suas memórias...

– Sim, lembra-se do que o Victor disse sobre estarmos nos conectando espiritualmente? Isso faz parte do processo... Vai se tornar cada vez mais frequente...

– Vai?

– Sim, Alice, conforme formos nos aproximando e nos relacionando, mais ligados espiritualmente estaremos. Por isso, nós, filhos de Lilith, só nos relacionamos com nosso iguais. Não é legal ficarmos transando com qualquer humano por aí, isso gera muita confusão, sabe? Em nossos sentimentos, pensamentos e alma. É muita energia misturada.

Alice nunca havia pensado nisso. Mas era verdade. A cada vez que ela roubava energia de um ser humano através do sexo, uma parte deles parecia ficar impregnada nela. E isso às vezes era desagradável e, por vezes, ela se sentia "cheia" demais. Com certeza, relacionar-se com apenas uma pessoa seria mais fácil de administrar, mas ela não sabia se estava pronta para isso. Lembrou de Tiago e Carlos, os dois garotos por quem ela se apaixonou e que acabaram perecendo em suas mãos. É claro que João era diferente, pois ele também era um vampiro e a probabilidade de ela matá-lo sem querer era ínfima, mas, mesmo assim, ela ainda não se sentia pronta para amar novamente. De forma que a única coisa que conseguiu dizer a ele foi:

– João, me leve para fora daqui, por favor?

Capítulo 18

À porta da boate, Alice tentou se desvencilhar de João Eduardo, que insistia em acompanhá-la até o carro.

— Está tudo bem, João, eu sigo daqui.

— Não, Alice, eu faço questão de levá-la até o carro.

— Imagine, João, não precisa.

— Mas eu faço questão!

— Mas eu já disse que não precisa!

— Por que você não quer minha companhia? Tem alguém esperando por você no carro? Quem é?

— Ai, João, pare de ser bobo.

— Bobo, eu? Pensa que não percebi que você repentinamente se sentiu mal, justo quando lhe falei sobre minhas intenções e sentimentos?

— Droga, João, quer saber? Quer vir atrás de mim, então venha! – disse ela, já atravessando a rua a passos largos.

Após refletir por um instante, ele a seguiu até o estacionamento, onde Carol a esperava dentro do carro. Ele se aproximou das duas e um pouco decepcionado se dirigiu a Carol:

— Ah, é você.

— Sim, sou eu, quem achou que era? O Ian Somerhalder? Eu ouvi a discussão de vocês daqui. Já está rolando uma DR? Que bom, quem sabe eu me vejo livre de você logo?

— Vai sonhando – disse ele, franzindo o cenho e se aproximando para dar um beijo na bochecha de Alice, para em seguida se despedir: – Pense no que conversamos, ligo para você amanhã, ok?

A vampira assentiu com um gesto e adentrou o carro, e Carol deu a partida no mesmo instante. João ficou olhando-as partirem, um tanto contrariado.

– O que houve? Conte tudo!

– Ixi, menina, tanta coisa. Nem sei por onde começar. Ah, que tal pelo detalhe de você nunca ter me contado que seu nome é Karolayne?

– Aff, quem te contou isso?! Eu mato o desgraçado!

– Foi Victor, o vampiro ancião.

– Droga, como ele sabe disso?

– Ele sabe de tudo, honey. Porque tem bruxas a seu serviço e também humanos. Ah, e tem contato com a própria Lilith, que ele contata através de orgias e sacrifícios.

– O quê? Não, espere! Conte tudo, mas conte devagar!

Alice riu e durante o trajeto de volta para o apartamento foi contando tudo à amiga, que, maravilhada, ouvia atenta a narrativa da amiga, interpelando vez ou outra para saber de algum detalhe que a intrigasse. Já estavam em casa quando ela terminou o "relatório" e Carol decidiu telefonar para Sebastian e o atualizar acerca dos fatos. Enquanto isso, Alice decidiu tomar um banho e se recolher.

Nem viu quando Carol foi se deitar, mas acreditou ter sido muito depois dela, já que a amiga demorou para levantar-se na noite seguinte. Alice aproveitou para explorar a biblioteca do apartamento, em busca de livros que a esclarecessem um pouco mais a respeito de todos os seres fantásticos sobre os quais tomava conhecimento apenas agora. Para sua surpresa, encontrou muitos livros de literatura fantástica, além de romances, clássicos nacionais e estrangeiros, e livros de esoterismo e religião. Separou alguns títulos que lhe chamaram a atenção e sentou-se na poltrona de leitura que ali havia. Mal havia começado a folhear um livro sobre anjos, quando seu celular tocou. Era

Capítulo 18

João Eduardo. Ela não estava com a mínima vontade de falar com ele, por isso recusou a chamada.

Carol entrou na biblioteca naquele exato momento e indagou:

– Quem era?

– Adivinhe.

– Seu namorado?

– Ele não é meu namorado, Karolayne.

– Credo em cruz! Para de me chamar assim!

– Então pare de dizer que o João é meu namorado.

– Ok. Temos um acordo.

O celular tocou novamente e Alice ficou estarrecida ao ler no visor o nome de Victor Alesi.

– Meu Deus! E agora? – indagou, mostrando o visor do aparelho para a amiga.

– Atenda – ordenou a amiga.

– Alô.

Um silêncio repentino recaiu sobre o recinto e durante algum tempo nada se ouvia, então, repentinamente o vampiro falou do outro lado da linha:

– Olá, Alice, como está?

– Estou bem, e você?

– Estou bem também.

– Posso saber a que devo a honra da ligação?

– Imagino que já tenha colocado sua amiga a par da minha proposta.

– Sim.

– Sendo assim, que tal passarem aqui na boate daqui a pouco? Posso enviar alguém para pegá-las. Quero conversar com vocês.

Alice olhou para a amiga, que fez um sinal positivo pra ela.

– Está bem, Victor. Estaremos aí daqui a uma hora.

– Devo mandar meu motorista pegá-las?

– Não é necessário – disse ela. – Daremos um jeito.

– Certo. Nesse caso, ficarei no aguardo. Até logo.

— Até logo.

Carol estava comemorando de punhos fechados e fazendo uma dancinha.

— Hora de conhecer o poderoso chefão vampiro — cantarolou Carol. — E ver se ele é mesmo toda essa temeridade da qual você me contou a respeito.

Era uma noite fria de segunda feira do mês de junho, e as vampiras desceram do carro trajando vestidos pretos, botas, casacos e cachecóis. Não precisavam de todo aquele aparato contra o frio, agora que eram criaturas da noite, mas elas queriam ostentar e parecer bem quando estivessem diante de Victor. Contudo, enquanto se aproximavam da entrada, onde dois seguranças as aguardavam, Alice sentiu o coração apertar-se em seu peito, será que veria João Eduardo de novo? E, caso a resposta fosse positiva, como deveria se portar diante dele?

— Vocês devem ser Alice e Carol, certo? — perguntou um do seguranças. Um rapaz moreno e musculoso, com cerca de um metro e oitenta de altura, trajando um terno preto.

— Sim — Carol respondeu. — Victor está nos aguardando.

— Queiram me acompanhar, por favor — pediu o outro segurança, um rapaz loiro e bonito quase da mesma estatura do seu colega e trajando também um terno semelhante ao dele.

As vampiras entraram na boate e seguiram atrás do rapaz loiro que as escoltou através da pista de dança vazia, passando pelo bar até chegar à entrada do corredor que levava à sala de Victor.

— Parece mesmo ser bem legal! — elogiou Carol, observando a decoração do ambiente.

— A gente pode vir, no fim de semana se você quiser dançar um pouco.

— Taí... Acho que virei sim.

Eles haviam chegado em frente da porta da sala de Victor e o segurança bateu três vezes.

— Pode entrar! — a voz do vampiro soou lá de dentro, firme e sedutora.

Capítulo 18

O segurança abriu a porta para que as vampiras entrassem e fechou-a em seguida, deixando-as a sós com seu chefe. Ele estava de costas, sentado em sua poltrona com estofado de couro, mas virou-se prontamente para recebê-las.

– Boa noite! – saudou ele, levantando-se e aproximando-se para beijar ambas as vampiras na bochecha. – Espero que o percurso até aqui tenha sido agradável.

– Nada mal para essa hora da noite – respondeu Carol.

– Sentem-se, por favor! – ofereceu o ancião, apontando as cadeiras próximas às duas. – Desejam beber alguma coisa? Um uísque, vodca... Ou talvez um drinque lá do bar?

As vampiras entreolharam-se e então Alice falou:

– Vinho tinto, por favor.

– É claro. – O vampiro a observou por um instante, esboçando um leve sorriso, e então serviu três taças de vinho. Duas para as vampiras e uma para si mesmo.

– Obrigada – disseram.

– Victor, eu acredito que ela dispensa apresentações, mas essa é Carol, minha amiga.

– Olá, Carol, finalmente nos conhecemos pessoalmente. Diga-me, como está Sebastian?

– Está bem. Disse que virá em breve visitá-lo.

– Ótimo. Já faz muito tempo que não converso com Sebastian.

– Alice me contou que você nos convidou a integrar seu clã, é verdade?

– Sim, é verdade – confirmou ele.

– Mas diga-me, Victor, por que diabos eu precisaria entrar para o seu clã?

– E por que não? – indagou ele. – Tempos difíceis se aproximam, minha cara. A vida das criaturas da noite pode ficar um tanto... – ele fez uma pausa para dar ênfase no que diria a seguir –... conturbada, muito em breve.

– Entendo – respondeu ela. – Sebastian me orientou para que aceitássemos seu pedido.

— Perfeito. Sebastian é um íncubo muito sensato e bem relacionado. Com certeza já sabe de tudo o que está acontecendo.
— E você pode nos contar o que está rolando?
— Ainda não, minha querida, ainda não é o momento. Mas não se preocupem, logo vocês vão saber. Logo, a peça-chave de toda essa confusão estará entre nós. E é por isso que as chamei aqui, porque quero saber que poderei contar com vocês na festa que darei daqui a dois dias, na quarta-feira, onde um convidado ilustre comparecerá e ele faz questão da presença de vocês aqui.
— De nossa presença?! — indagou Carol.
— Na verdade, da presença de Alice. Mas é claro que, para ele, será um deleite conhecê-la também, Karolayne.
— Victor, me chame apenas de Carol, está bem?
— É claro, minha querida, desculpe se a ofendi. — respondeu ele, com um sorriso irônico. — É óbvio que eu gostaria que passassem pelo rito de iniciação antes disso, mas infelizmente não há tempo hábil. A próxima lua cheia só ocorrerá daqui a duas semanas e ela se faz necessária para a cerimônia de iniciação.
— Cerimônia de iniciação? — indagou Carol.
— O ritual se faz necessário para que Lilith avalie se são realmente dignas de partilharem dos preceitos de nossa irmandade.
— Lilith? — indagou Carol franzindo o cenho para o ancião. — A Rainha dos Súcubos?
— Exatamente, minha cara — respondeu Victor. —Vocês a conhecerão se passarem no teste. Se forem consideradas dignas de se juntarem à nossa causa.
— Do contrário? — perguntou Alice.
— Do contrário, vocês serão banidas de nossa irmandade e estarão por conta própria quando a guerra vier. Mas não se preocupem, vocês serão aprovadas. Eu tenho fé em vocês.
Nesse momento, ouviu-se uma batida à porta e Victor ordenou que a pessoa entrasse. Era João Eduardo.

– João, você chegou na hora certa. Quero que leve as garotas com você na caçada de hoje. Preciso saber como elas se comportarão "em campo".

– Sim, senhor. – aquiesceu ele, fazendo sinal para que as duas o acompanhassem.

– Vejo vocês em breve – despediu-se o ancião.

Assim que fecharam a porta atrás de si, Carol alfinetou João:

– Então quer dizer que devemos ser "amiguinhos" a partir de agora?

– Se você quiser sobreviver à guerra, sim.

– Que guerra é essa, afinal de contas? Victor a mencionou, mas eu não sei bulhufas de guerra nenhuma.

– Está se formando uma guerra entre o céu e o inferno, Alice. Entre anjos e demônios. E nós estamos exatamente no meio dela.

A declaração do vampiro deixou a recém-criada estupefata, fazia apenas um dia que ela descobrira que anjos e demônios não eram apenas fábulas, e agora já se via jogada no centro de uma batalha entre eles.

Capítulo 19

No bar, no piso térreo, mais três vampiros aguardavam por eles. João Eduardo os apresentou:
– Alice, Carol, estes são Aud, Tami e Mayumi. Eles irão conosco na caçada de hoje.
– Olá – acenaram as duas, um pouco sem jeito.
Tami e Mayumi eram duas orientais, que pareciam mãe e filha, devido à diferença de idade e semelhança física entre elas. Aud era loiro, de olhos claros. Os vampiros as cumprimentaram sorridentes e pareciam satisfeitos em terem mais integrantes em seu clã. Dirigiram-se até o estacionamento da boate, onde se ajeitaram em dois carros de quatro portas, um preto e o outro, vermelho. Os dois carros não possuíam placas e nenhum tipo de identificação, tal como marca ou nome do modelo grafado, nem nada assim. Alice e Carol entraram no carro preto com João e Aud João foi dirigindo, tendo Alice ao seu lado, e Carol e Aud foram no banco de trás.
– Então seu nome é Audi? Igual ao carro? – indagou Carol.
– Não, é com D mudo. A, U, D. Aud.
– E, desculpe perguntar, mas qual é a origem desse nome?
– É alemão.
– Ah, meu Karolayne também deveria ser de origem americana, mas já viu como é o brasileiro para registrar nome...
Os dois riram. Alice não conseguia se descontrair, pois não sabia ao certo como agir perto de João Eduardo. Foi ele quem "quebrou o gelo", segurando sua mão enquanto dirigia. Carol

não resistiu e se colocou entre os dois, desenhando um coração no ar com as mãos.

– Aff – resmungou Alice, soltando a mão do vampiro.

– Não ligue para ela – disse ele. – Está com inveja.

– Eu? Com inveja de vocês? Me poupe, João, consigo alguém melhor que você em qualquer esquina.

– É? Então por que não vejo ninguém ao seu lado?

– Porque eu não sou mulher de um homem só, meu bem.

– Sabe, dizem que, na verdade, quem é de todos, não é de ninguém. – alfinetou ele.

– Ah, isso lá é verdade, meu querido. Eu não sou de ninguém.

– Pois isso é triste. Todos querem dormir com você, mas nenhum quer acordar com você.

Um silêncio constrangedor baixou sobre os vampiros e Alice decidiu rompê-lo:

– João, para onde estamos indo? O que vamos fazer?

– Lembra quando eu lhe disse que só nos alimentamos dos "maus"?

– Sim.

– Pois então, descobrimos uma clínica de abortos clandestina na Zona Leste e estamos indo para lá.

– Ei, mas as mulheres são donas de seus corpos e podem fazer deles o que quiserem – defendeu Carol.

– De seus corpos sim, mas os corpos de seus filhos não lhes pertence. Mesmo sendo assassinos por natureza, nem mesmo nós vampiros podemos suportar a ideia de uma mulher que mata o próprio filho. É algo errado, que vai contra todas as leis da natureza. Em nenhuma outra espécie a mãe mata o próprio filho, saudável, ainda em seu ventre. Isso é uma brutalidade sem precedentes. A criança não tem como se defender daquela que deveria amá-la e protegê-la, acima de tudo.

– Mas está sendo discutida uma lei para a liberação do aborto, o que vocês farão a respeito disso?

– Pode ter certeza de que eu não descansarei enquanto todos os responsáveis por tal ato não estiverem mortos – declarou o vampiro.

João dirigia enfurecido, em alta velocidade, sem se preocupar com os radares da marginal Tietê, nem com os da Avenida Salim Farah Maluf. Chegaram rapidamente a um sobrado, localizado em uma rua pacata e sem movimento. Apesar de já serem quase dez horas da noite, o movimento era grande, pois as "clientes" preferiam esse horário para realizaram tal procedimento. Não havia, é claro, nada que sinalizasse que ali funcionava uma clínica ilegal, mas o cheiro de morte pairava no ar. Os vampiros se dividiram em dois trios. Aud, Tami e Mayumi saltaram até as janelas do andar superior e adentraram a casa por elas. Carol, Alice e João entraram pela porta da frente. Na recepção, havia pelo menos seis mulheres à espera de atendimento. Elas conversavam calmamente e algumas até folheavam revistas, como se estivessem à espera do dentista, para simplesmente extrair um dente. Uma jovem, aparentando não ter mais que treze anos, chamou a atenção de Alice. Ela tinha os olhos vermelhos, inchados, e fungava sem parar. Ao seu lado, uma mulher que ela concluiu ser a mãe da menina aguardava, com um olhar decidido e firme. A vampira concentrou seus sentidos na garota e logo constatou que ela estava grávida. Em seu ventre, batia um pequenino coração, cujo som não escapou à sua audição aguçada. Enfurecida, ela se dirigiu à mãe da menina:

– Não acredito que você a está obrigando a abortar! Que espécie de monstro é você?

A mãe, atônita, não sabia o que responder, subitamente envergonhada por ver todos os olhares convergirem sobre ela. Porém, ela logo recobrou a postura e disparou:

– Quem é você pra questionar minhas decisões de mãe? Eu sei o que é melhor para minha filha e uma criança agora só iria atrapalhar a vida dela!

– Jesus! Entregue a criança para adoção, para que matá-la?

– Eu não, o que os vizinhos irão dizer? A família?

— Cristo! Então a opinião dos outros tem mais valor para você que a vida dessa criança?! – virando-se para João Eduardo, ela pediu: – João, posso matar essa aqui, só um pouquinho?

— Fique à vontade, minha querida.

— Ótimo.

Ao dizer isso, Alice avançou sobre a mulher, que, sem entender nada, ainda tentou se defender, mas foi inútil. Com força sobre-humana, ela agarrou a mulher pelos braços e a pôs em pé, em seguida enfiou suas presas pontiagudas na jugular da vítima, que começou a se debater e gritar, causando pânico nas demais, que fugiram apressadas. Apenas a garota ficou a assistir a cena, estarrecida. Carol berrou com ela e a pôs para correr:

— Ô, minha filha, saia logo daqui, antes que você vire a sobremesa!

A garota titubeou por um instante, mas acabou correndo porta afora. A jovem que ficava na recepção também fez menção de fugir, entretanto, foi impedida por João Eduardo, que a barrou, colocando o braço diante dela, trancando-a dentro do balcão.

— Não, não. A senhorita não vai a lugar algum – disse ele, fazendo um sinal negativo com o dedo indicador.

— Por favor, eu não fiz nada! Me deixe partir! – implorou ela, com pânico na voz e no olhar.

— Ah, mas você sabia o que acontecia aqui. E não se importava em ganhar dinheiro com a morte de inocentes. É cúmplice e tão culpada quanto eles – disse, apontando para as salas localizadas nos fundos da casa.

Súbito, ele a jogou violentamente contra a parede oposta, fraturando diversos ossos.

— E então, me diga como é a sensação de ter todos os seus ossos e órgãos triturados antes de morrer?

A moça o encarava assombrada, mas não conseguia se mover, tamanha dor que a invadia. Gritos vinham dos outros cômodos da casa, denotando que os outros vampiros começavam a agir. João se debruçou sobre sua vítima e, cravando os dentes em seu pescoço, sugou seu sangue e sua vida até o fim.

Capítulo 19

  Alice acabara de largar o corpo de sua vítima ao chão, quando ele também abandonou o corpo da recepcionista, inerte e sem vida. João segurou a mão da vampira e a conduziu ao andar superior, onde os abortos eram realizados. Carol os seguiu, sem esboçar reação. Ele chutou uma porta, lá dentro, depararam-se com um médico, uma enfermeira e uma paciente que acabara de realizar a operação. Alice viu o feto, embalado num saco de lixo, juntamente com outros tantos, embaixo da bancada improvisada, onde repousavam os materiais cirúrgicos usados para a execução e retirada do bebê do ventre da mãe. Não havia higiene no local, nem o mínimo de cuidado com as pacientes, que, mesmo assim, desembolsavam milhares de reais para se livrarem do "problema". A vampira sentiu o estômago embrulhar e o sangue ferver em suas veias, ao se deparar com tal cena e, sem pensar duas vezes, avançou sobre a mulher que acabara de permitir que seu filho fosse morto ainda dentro de sua barriga e sugado para fora como se fosse apenas um incômodo. A paciente ainda estava fraca, mas isso não impedia que o terror assomasse seu olhar, quando Alice se debruçou sobre ela e cravou os dentes em sua artéria carótida e sugou sua vida, impiedosamente. O médico, que tentara fugir, foi impedido por João Eduardo, que o agarrou e, com seus braços fortes, começou a pressioná-lo, fazendo-o gritar de dor, enquanto seus ossos e órgãos eram esmagados pela força descomunal do vampiro. O homem acabou desmaiando com a dor, mesmo antes que o vampiro começasse a sugar seu sangue. Carol acuou a enfermeira, que, assustada, estava escondida debaixo da bancada. A vampira a puxou pelo pés e a mulher gritou histericamente.

  – Sabe, eu não concordo muito com meus colegas de que você é um monstro que merece sofrer e morrer pelo que fazia às pobres criancinhas e tal, mas afinal de contas sou um vampiro. Vou matar você por diversão mesmo.

  A enfermeira arregalou os olhos de pavor e Carol riu da expressão de assombro dela.

  – Caraca, havia esquecido como era divertido caçar assim!

– Carol, mate-a agora! – ordenou João Eduardo.

– Eu vou matar. Mas não é porque você está mandando, viu? Vá mandar nas tuas negas, eu faço o que quiser – ao dizer isso, ela cravou os dentes no pulso da mulher, que se debatia e gritava, arrancando risos da vampira, com sua tentativa vã de escapar. Pouco a pouco, a vida deixou seu corpo e ela parou de se mexer.

– João, já terminamos por aqui – anunciou Aud, colocando a cabeça na porta do cômodo a onde eles se encontravam.

– É só "limpar" agora, então.

Alice e Carol saíram para o corredor e observaram os outros vampiros quebrarem as paredes com as próprias mãos, em pontos exatos, visando atingir os canos de gás que existem na casa. Por onde elas passavam, avistavam corpos dos médicos e seus assistentes que ali trabalhavam, bem como de algumas pacientes. Havia muita bagunça e destruição, sangue espalhado por toda parte. Assim que já havia canos de gás perfurados pela casa inteira, João Eduardo sinalizou para que todos se retirassem e, quando os vampiros já se encontravam na parte externa, ele acendeu um fósforo e o arremessou para dentro da casa. Em questão de segundos, ouviram-se sucessivas explosões e a casa logo estava em chamas. Alice ficou a contemplar aquele show de horror e se perguntou se foi mais ou menos assim que sua família pereceu. Porém, seus devaneios foram interrompidos por João Eduardo, que segurou sua mão e a olhou com satisfação. Ele estava orgulhoso dela e a desejava mais do que nunca. Ele teve certeza de que ela era sua sombria contraparte.

Aud, Tami e Mayumi se ajeitaram no carro vermelho e Carol, olhando para o casal, jogou os braços para o alto e revirando os olhos, comentou:

– Ah, merda, eu vou embora com os outros, não se incomodem comigo!

Os três vampiros que a aguardavam no carro vermelho riram, enquanto ela adentrava o veículo. João puxou Alice para junto de si e a abraçou. Caminharam até o carro, como duas felizes criaturas da noite, com uma gostosa sensação de dever cumprido.

Capítulo 20

Mal entraram no elevador do prédio onde Alice morava com Carol e ela e João já estavam "atracados", trocando beijos e carícias ousadas. Sedentos um do outro, totalmente entregues à paixão e à luxúria. O sangue de suas vítimas, que corria quente em suas veias, aquecia ainda mais o desejo que nutriam um pelo outro. Assim que fecharam a porta do quarto dela, foram deixando as peças de roupas caírem ao chão, uma a uma. Já estavam nus quando chegaram à cama e, sem poder resistir ou esperar mais, logo estavam unidos, sem um centímetro de distância, ele dentro dela, preenchendo-a física e emocionalmente. Durante um beijo mais profundo, ele compartilhou, além de energia com ela, memórias suas.

***

Alice o viu ainda humano, trabalhando como office boy, nas ruas do Rio de Janeiro. De família humilde, morava em um barraco de uma favela próxima ao bairro de Laranjeiras, com seus pais e seus três irmãos mais novos. Era o ano de 1965. O jovem acabara de completar vinte anos e tivera de largar os estudos muito cedo, para ajudar no sustento da família. Entretanto, ele era feliz. Tinha uma namorada à época, de nome Nadir, estavam noivos e iam se casar em fevereiro do ano seguinte. Porém, no dia 11 de janeiro de 1966, seu mundo caiu, literalmente. Pernoitou na casa da noiva, pois, como já estavam próximos de se casar, já possuíam "certa intimidade". Naquela noite, entretanto, uma forte tempestade devastou a cidade do Rio de Janeiro, inundando, alagando e destruindo desde barracos até casas e prédios de bairros mais nobres. O abastecimento de água e energia elétrica foi bastante comprometido, e o sistema de transporte tornou-se um caos. João Eduardo se salvou, pois o bairro de sua namorada não foi atingido; sua família, entretanto, sucumbiu completamente, quando seu barraco deslizou morro abaixo. Ele não podia acreditar no que seus olhos viam, quando chegou à entrada do bairro e viu toda aquela multidão reunida em volta dos escombros e da sujeira que contava a triste história de tantos moradores da região. Durante dias, ele procurou pelos corpos de sua família e, quando os encontrou, eles já estavam em estado avançado de putrefação, misturados ao lixo e a montes de terra. Foi assim que Selena, a súcubo, o encontrou. Ajoelhado, com o corpinho de sua irmãzinha mais nova, Maria José, nos braços, aos prantos, totalmente desolado. Ele nem se dera conta de que a noite chegara e menos ainda da aproximação da belíssima mulher. Selena residia no Rio de Janeiro e vira a chuva destruir grande parte de seu clã, o que a fez sair em busca de novos adeptos. João Eduardo estava tão desolado quando se encontraram que aceitou, sem pestanejar, quando ela lhe ofereceu uma forma de simplesmente esquecer e apagar todo aquele sofrimento. João Eduardo viveu algum tempo no clã de Selena, entretanto, não se acostumou à "dieta" vivenciada pelo clã dela. Não se acostumava à ideia de se alimentar de energia sexual, mesmo nos loucos e livres anos setenta, de forma que decidiu "viver por conta", experimentando viver apenas de sangue, e sangue de bandidos, algo que no Rio de Janeiro não faltava. Sua fama se espalhou e os marginais passaram a temer as sombras da noite. Entretanto, houve um grupo que não se intimidou com as histórias de um monstro sugador de sangue que atacava criminosos ao cair da noite. E foi assim que o grupo de traficantes que comandava o morro de Santa Marta naquela época decidiu armar uma emboscada para o vampiro.

Eles espalharam a notícia de que reuniriam os chefões do tráfico no centro de comunidades da favela, pois sabiam que isso seria tentador demais para o vampiro, que perseguia implacavelmente os "cabeças" do narcotráfico dos morros. Como previram, João Eduardo foi ao encontro. Contudo, quando ele chegou, foi recebido pelos bandidos com uma chuva de balas. Elas não conseguiram matá-lo, mas o enfraqueceram o suficiente para que eles o subjugassem. Encheram-no de socos e pontapés, enfurecidos. João Eduardo estava fraco e combalido, e os marginais, prestes a cravar-lhe uma estaca no coração, quando Victor surgiu e, com a ajuda de mais quatro asseclas, o salvou. Os cinco vampiros exterminaram os marginais e levaram João Eduardo à casa que eles mantinham no Rio de Janeiro. Lá, ajudaram-no a se recuperar e o convidaram para integrar seu grupo, o que ele aceitou com prazer, visto que partilhavam dos mesmos ideais. Isso ocorreu na década de oitenta, e desde então João se manteve fiel a Victor, e pouco a pouco foi ganhando sua confiança e galgando novas posições dentro da organização. Hoje, era um dos principais líderes da "Filhos de Lilith".

***

As recordações cessaram quando o êxtase chegou. Eles haviam estado unidos não apenas pela carne, mas pelo espírito, pela mente.

– Agora você sabe tudo sobre mim – disse ele, deitando-se ao lado dela, sem soltá-la.

– E o que houve com Selena? E Nadir?

– Ah, mulheres! Revelo minha vida para você e o que lhe interessa saber é apenas isso?

– Claro, elas foram importantes para você. Quero saber o que foi feito delas.

– Ciúmes?

– Hunf. Responda à pergunta.

Rindo, ele obedeceu:

– Nadir faleceu há alguns anos. De velhice. Levou algum tempo, mas ela me esqueceu, julgou que também morri, vítima das chuvas que castigaram a cidade por uma semana. Casou-se com outro e teve filhos. Selena, como todos os súcubos e íncubos, está sempre viajando, cuidando de suas "crias" ao redor do mundo.

— Está muito bem informado a respeitos das duas, não acha não?

— Aff!!! Alice, uma está morta e a outra é uma súcubo a quem abandonei e traí há mais de trinta anos, jura que vai brigar comigo por causa disso?

— Não, não vou — respondeu ela, rindo e colando os lábios aos dele. — Não vou brigar com você por coisa alguma.

Brincando com os cachos do cabelo dela, ele comenta:

— Gostei da sua cama.

— Eu nunca a havia usado — disse ela, mostrando o caixão ao lado da cama.

— Hum... podemos tentar transar ali dentro um dia desses, não? Seria interessante...

A ideia arrancou risos dela:

— Não é apertado demais?

— Ah, a gente dá um jeitinho...

— Já levou muitas vampiras para o seu caixão, é, seu canalha?

— Eu não tenho um caixão.

— Não?!

— Não, Alice, os caixões hoje em dia são muito mais um "fetiche". Com a invenção das cortinas blackout eles se tornaram obsoletos.

— Ah, eu tenho dessas, quer ver?

Dizendo isso, ela pegou um controle no criado-mudo que ficava na cabeceira de sua cama e acionou as cortinas, fechando-as. Admirando-a, ele comentou:

— Você parece uma criança deslumbrada, sabia? Ainda tem tanto a aprender sobre a vida noturna...

— E você parece mais do que disposto a me ajudar, não é mesmo?

— Com o maior prazer.

João a beijou novamente, de forma doce, e ela desejou que aquela noite jamais terminasse. E antes que o sol nascesse, eles se amaram de novo, de novo e de novo, até que a exaustão os venceu e eles adormeceram, ainda abraçados, ainda desnudos.

Capítulo 21

Alice acordou abruptamente, sentindo uma estranha presença em seu quarto. Alarmada, sentou-se na cama e farejou algo. Sentiu no ar um cheiro de lavanda, que lhe era familiar. Desesperada, gritou:

– Quem está aí?!

Imediatamente Carol irrompeu em seu quarto, correndo, afobada:

– Alice, o que houve?

– Não sei, Carol! Tem alguma coisa aqui! Alguma coisa ali! – dizendo isso, ela apontou para dois pontos luminosos próximos a ela.

Carol olhou na direção que a amiga apontava e deu alguns passos de aproximação, semicerrando os olhos, e de repente estacou, gritando:

– Anjos! Anjos! O que fazem aqui?

Os dois pontos de luz intensificaram-se, cegando-as momentaneamente, levando-as a cobrirem os olhos. Quando conseguiram abri-los novamente, o que quer que tenha estado ali já havia desaparecido. Apenas nesse momento João Eduardo despertou e interrogou:

– O que está havendo?

– Só agora você desperta, seu inútil? E se os anjos tivessem atacado Alice? – vociferou Carol.

— Ei, espere aí, eu acabei de despertar. Já não sou mais um vampiro tão jovem assim, e Alice sugou muito da minha energia noite passada.

— Ah, me poupem dos detalhes sórdidos! — apanhando as peças de roupas de João Eduardo do chão, ela ordenou: — E você, seu inútil, vista logo sua roupa e dê o fora da minha casa!

Carol saiu do quarto, batendo a porta atrás de si.

— Da próxima vez, vamos para a minha casa, está bem? — disse João Eduardo, levantando-se e começando a vestir sua roupa.

— Sua casa? Achei que você morasse lá no templo de Lilith.

— Ah não, Alice. Todos nós temos nossas próprias residências. Usamos a boate apenas para reuniões.

— Até o Victor?

— Sim. Victor mora em uma mansão enorme nos Jardins. Qualquer dia levo você lá.

— E de onde vem tanto dinheiro?

— Tráfico de influência. De vez em quando, fazemos alguns "favores" para industriais, empresários e até mesmo políticos importantes, em troca de certo "benefícios".

— Favores? Que tipo de favores?

— De todo tipo, desde dar sumiço e sustos em rivais até favores "sexuais" ou certos favorecimentos ao fornecermos um canal direto com o inferno para que eles façam pactos com os anjos caídos.

— Sério? Vocês fazem isso? Então vocês têm contato com os anjos caídos?

— Alguns de "ordem menor", devo dizer, mas de vez em quando aparecem alguns "figurões", como na semana passada...

— O que houve na semana passada?

— Não posso lhe contar ainda. Mas não fique ansiosa demais. Amanhã você irá saber.

Já vestido, João se inclinou para lhe dar um selinho de despedida.

– E quanto a isso que Carol falou? Que havia anjos aqui em meu quarto?

– Eu não duvido, Alice, devido ao seu envolvimento com a família Layil.

– O que minha família tem a ver com isso?

– Alice, eu não tenho permissão para falar sobre isso com você.

– Como assim, não tem permissão?

– Tenha calma, meu amor, amanhã tudo será esclarecido.

Dizendo isso, ele pegou as chaves de seu carro e a deixou a sós com seus pensamentos e com um terrível frio na espinha. Alice não queria ficar sozinha e por isso decidiu procurar Carol. Encontrou a amiga na biblioteca, lendo um livro de fantasia.

– Seu namoradinho já foi embora? – perguntou ela, sem tirar os olhos do livro.

– Foi.

Colocando o livro de lado, ela constatou:

– Percebeu que você não contestou quando eu me referi a ele como seu namorado? O que é? Vocês estão namorando mesmo?

– Eu não sei, Carol – respondeu ela, coçando a cabeça. – Honestamente, eu não sei.

– Ih... Isso é um péssimo sinal.

– Carol, você já se envolveu com algum vampiro?

– Para falar a verdade, já. Por que a pergunta?

– Curiosidade. O que houve?

– Não houve nada. A gente ainda se vê de vez em quando.

– É?

Nesse momento, o celular de Carol, que ela sempre mantinha por perto, vibrou. Ela olhou no visor e em seguida o mostrou à amiga:

– Falando no diabo...

– O nome dele é Rodrigo?

– Sim.

– E por que eu ainda não o conheço?

— Porque a gente não se vê faz um tempo.
— Mas se falam sempre?
— Todos os dias pelo whatsapp.
— E sobre o que falam?
— Arre, não acha que está se intrometendo demais, não?
— Desculpe, é que é difícil imaginar você assim, tão durona, apaixonada.
— E quem foi que disse que eu sou apaixonada pelo Rodrigo? Eu pego mas não me apego, querida, esqueceu?
— Ah, é verdade. Você é a vampira que tem total controle sobre suas emoções, me esqueci.
— Exatamente, querida — refletiu um pouco — Mas sabe que você me deu uma ideia agora...
— Qual?
— Poderíamos ir visitar Rodrigo para saber o que ele está sabendo sobre todo esse reboliço que está rolando.
— Ele também é do clã de Sebastian?
— Não, ele é do clã de uma súcubo chamada Selena.

Selena novamente? Agora, Carol havia conseguido despertar a curiosidade de Alice. Fingindo interesse no que a amiga falara, endossou a sugestão dela:

— Vamos lá, eu quero encontrar esse tal Rodrigo. Ele mora longe?
— Não, na verdade, o apartamento dele fica aqui na zona sul também. Ali no Brooklin.
— Então demorou. Mande uma mensagem para ele, dizendo que estamos indo para lá.

Em questão de minutos, as duas vampiras encontravam-se diante da porta de Rodrigo. Nem precisaram tocar a campainha, pois, com sua audição aguçada, ele as ouvira desde que pegaram o elevador. Um rapaz muito bonito, de olhos pretos e cabelos também escuros e ondulados, abriu a porta, muito satisfeito.

— Boa noite! — saudou ele. — Podem entrar, por favor!

– Com licença! – Carol falou antes de entrar, seguida de Alice. Ela viu que o apartamento era muito bem decorado. Com um jogo de dois sofás luxuosos com uma mesinha de centro, uma estante com um home teather, na parede, e também uma TV de 60 polegadas e quadros; alguns com belas paisagens e outros abstratos.

– Essa deve ser a Alice de quem você tanto me falou? – disse ele, fechando a porta.

A vampira olhou para a amiga com uma cara de quem diz: "como assim?", e Carol ergueu as mãos em defesa, dizendo:

– Só coisas boas, acredite.

– Sei – respondeu, apertando os olhos para a outra vampira. – E sim, sou eu mesma – ela direcionou a atenção para ele e apertou sua mão quando ele se aproximou para cumprimentá-la com um beijo na bochecha.

– Prazer – disse ele –, meu nome é Rodrigo.

– Prazer, sou a Alice, como você já sabe.

– Ela é mesmo encantadora – elogiou ele, desviando sua atenção para Carol. – Onde foi mesmo que você a encontrou?

– Na Praça da Sé. Dá para acreditar nisso? Estava bancando a heroína nas ruas de São Paulo.

– Ei! – ela estalou os dedos –, dá pra vocês pararem de falar de mim como se eu não estivesse aqui?

– Desculpe-me, Alice – disse ele, abrindo um largo sorriso. – Sentem-se, por favor, aceitam uma bebida?

– Eu aceito um café – respondeu Carol.

– Café?! – surpreendeu-se Alice.

– Sim, por que a surpresa? Também gosto de variar de vez em quando.

– E quanto a você, Alice? – perguntou ele.

– Também aceito um café.

– Certo. Saindo três cafés.

Rapidamente, Rodrigo voltou com uma bandeja com três xícaras de café. Os três se sentaram e ele então perguntou:

– Pois então, meninas, a que devo a honra da visita?

— Ora, não posso simplesmente ter sentido saudades? – perguntou Carol, com um olhar meloso.

— Outra pessoa talvez, mas não você, Carol. Desembuche.

— Ok. Eu vim até aqui para saber se você tem falado com Selena recentemente.

— Pra falar a verdade, sim. Ela vem pra cá na semana que vem. Parece que tem coisa grande rolando. Haverá uma reunião com diversos íncubos e súcubos e até com aquele vampiro excêntrico, o Victor.

Alice olhou para Carol, que sinalizou para que ela ficasse em silêncio. Carol continuou:

— Você sabe o que exatamente está rolando?

— Olha, estão correndo muitos boatos por aí. Sobre nefilins e uma guerra entre o céu e o inferno. Mas é tudo o que sei.

— Nefilins?

— Sim. Parece que foi gerado um.

— Mas como?! Achei que isso fosse apenas uma lenda.

— Ao que parece, não era. E isso está assustando meio mundo.

— Ei, ei, tempo! Alguém pode me explicar que raios é um nefilim?

— Nefilim é um filho de um anjo com uma humana, Alice. Segundo as lendas, eles são gigantes e não são vistos mais desde a época do dilúvio, que, aliás, acredita-se, só existiu para exterminá-los – explicou Carol.

— Caraca! Mas espere, por que tanta preocupação em torno deles?

— Porque eles possuem quase todos os mesmos poderes dos anjos. Há, na Terra, o mesmo número de anjos e demônios, o que permite que exista um equilíbrio. Porém, se for gerado um nefilim e ele começar a se reproduzir, isso poderia dar uma vantagem ao lado que os possuir, entende?

— Como assim, o lado que os possuir?

— Ainda não se sabe se o nefilim gerado é filho de um anjo ou de um demônio. Também não sabemos em poder de quem ele está. Se ele estiver em poder do céu, estamos encrencados. Uma dúzia de nefilins seria o suficiente para nos exterminar da face da Terra.

— Uau!

— Sebastian não disse nada a vocês?

— Pouco, muito pouco. Victor Alesi nos contou um pouco mais.

— Victor? Você tiveram contato com ele?

— Sim. Ele quer que Alice entre para o clã dele.

— Mas Alice não está no clã de Sebastian?

— Não. Ela ainda não jurou lealdade a ele. Mas foi o próprio Sebastian que nos instruiu a nos juntarmos ao Victor.

— Sério? Puxa, então as coisas estão mais sérias do que imaginei. — Ele fez uma pausa e então perguntou: — Ei, é verdade que os malucos do Victor só se alimentam de sangue?

— É verdade, sim. Ontem saímos com eles em uma "incursão". Confesso que foi divertido, eu não caçava assim havia muito tempo — respondeu Carol. — A Alice até está namorando um dos vampiros do Victor.

— Namorando?! — perguntou ele, perplexo.

— É, no bando deles, eles acreditam nessa coisa de amor e de ligação espiritual, blá, blá, blá — desdenhou Carol.

— Que loucura!

— Pois é.

Como não gostara muito do rumo da conversa, Alice se colocara em pé e se pôs a "explorar" o apartamento de Rodrigo. Ficou surpresa ao avistar o escritório dele, dotado da mais alta tecnologia e também de um acervo ainda maior e mais impressionante que o de Carol.

— Nossa Rodrigo, quanta coisa você tem aqui!

— Não é? — o vampiro pareceu lisonjeado. — Sou o melhor no que faço, então preciso ter os melhores equipamentos do mercado.

— E qual é seu negócio, exatamente?

— Informação e conhecimento. Peça a informação que quiser para mim, e eu descubro para você.

— Ele manja mesmo – falou Carol –, isso eu tenho que admitir. Rodrigo já era um nerd quando foi transformado em vampiro.

— Olhe só quem fala! Quando ainda era humana e vivia lá no sertão nordestino, você usava um óculos fundo de garrafa e sua vida social era praticamente inexistente. Seus únicos amigos eram os livros.

— Nossa, vocês se conhecem há tanto tempo assim? Desde que eram humanos?

— Não, claro que não – disse Carol. – Rodrigo nasceu no final do século XIX e eu, em 1970. Nos conhecemos há mais ou menos vinte anos, somente.

— Somente?

— O que são vinte anos comparados à eternidade, Alice?

— Mas como sabem tanto um sobre o outro, então?

— Ora, você e João Eduardo ainda não compartilharam memórias?

— Ah sim, já compartilhamos.

— Peraí, o nome do sujeito é João Eduardo? Ele é um galã mexicano? – ironizou Rodrigo.

— Foi o mesmo que pensei quando o conheci. Mas ele é carioca.

— E você? Seu sotaque parece de sulista...

— Sou do interior do estado, mas minha cidade natal fica muito próxima ao Paraná, por isso temos esse sotaque sulista. Mas e você, Rodrigo, é de onde?

— Sou de Manaus, Amazonas.

— E como conheceu Selena?

— Foi durante o ciclo da borracha, quando o Amazonas era um estado rico e em pleno desenvolvimento. Eu era apenas um seringueiro órfão, lutando para sobreviver, ela, uma vendedora de diamantes, que trazia da Europa as mais finas joias para os novos ricos da região. Nós nos conhecemos em uma festa religiosa, onde ela se interessou por mim, dizendo que eu tinha potencial. Ela me transformou e viveu comigo por algum tempo, me ensinando a sobreviver e a me proteger. Com ela rodei todo o país e, por fim, me estabeleci em São Paulo, a pedido de Selena, que precisava de alguém formado em tecnologia. Como eu já demonstrava aptidão e interesse por isso desde tempos remotos, ela bancou meus estudos e também todo o meu equipamento. Hoje, presto serviços para ela e também para outros clãs, mediante um bom pagamento, é lógico.

Alice começou a se espreguiçar e Carol questionou:

– Cansada?

– Sim, um pouco.

A vampira jogou a chave de seu utilitário branco para a amiga e orientou:

– Tome, vá para casa, que nós temos "assuntos" a resolver.

– Mas eu não sei dirigir.

Rasgando o pulso com as próprias presas, Carol o ofereceu a Alice:

– Está esperando o quê? Eu sei que você adquiriu conhecimento de como dirigir caminhões da senhora que você atacou a caminho de São Paulo, mas não sei se seria suficiente. E também não vejo necessidade de eu te dar um monte de aulas, se posso simplesmente compartilhar todo o meu conhecimento contigo.

– Tem certeza de que é uma boa ideia? – mesmo com Carol tendo lhe dado permissão para beber do seu sangue, para Alice apenas não parecia correto fazer isso.

– Vai na fé, irmã, beba!

Sem ter muita alternativa, ela cravou os dentes no punho ferido da amiga e sorveu seu suculento sangue. A princípio nada aconteceu, mas então, à medida que sugara uma boa dose do sangue da outra vampira, as memórias que ela pretendia compartilhar começaram a se formar em sua mente. Primeiro como flashes, vislumbres, sem qualquer significado ou substância. Mas logo, à medida que ia sorvendo mais e mais sangue, elas começaram a adquirir forma, a se organizarem, fazendo com que Alice aprendesse tudo o que a amiga sabia a respeito de direção de automóveis de passeio; seu cérebro formando novas conexões de neurônios.

– Nossa – disse ela, afastando as presas do ferimento e lambendo o sangue que estava em seus lábios. – Isso foi profundo.

– Não falei que ia dar certo? Agora "te arranca" daqui, vá. – Carol e Rodrigo já estavam entrelaçados quando a vampira disse isso e já se beijavam alucinadamente.

Alice saiu rapidamente, perguntando-se se, afinal de contas, havia sentimento entre os dois ou não.

Capítulo 22

Ainda estava um pouco insegura se conseguiria dirigir ou não, até que se sentou no banco do motorista e achou tudo razoavelmente fácil: ajustar o banco, os espelhos, colocar o cinto e dar partida no motor.

– Uhul! – comemorou ela, e, olhando pela janela, engatou a primeira marcha, deu seta e saiu com o carro.

Alice riu alto e engatou a segunda, fazendo o carro ganhar velocidade. A sensação de estar no volante, dirigindo, era muito boa, quase indescritível.

Após alguns quarteirões, já estava completamente segura na direção. Como se dirigisse há anos. O que de certa forma não era inteiramente uma inverdade, visto que as memórias de Carol agora haviam se misturado às suas e, sendo assim, todos os anos de prática na direção que ela adquirira agora eram também seus.

Embora nunca houvesse dirigido até sua casa, as vezes em que andara como passageira com Carol, e seu extraordinário senso de direção, associado a seus instintos e sentidos aguçados, a ajudavam a guiar até o prédio onde residia.

Havia acabado de pegar a Avenida Santo Amaro, que àquele horário estava deserta, quando ouviu um carro se aproximar acelerando ao máximo. Conferiu em seu velocímetro e constatou que circulava na velocidade máxima permitida, portanto, se o apressadinho quisesse ultrapassá-la, que ficasse à vontade.

Jogou o carro para a pista da direita, fim de dar passagem, mas, para sua surpresa, o carro não a ultrapassou, continuou acelerando, vindo em sua direção.

– Mas que merda! – foi tudo o que deu tempo de ela balbuciar, antes que um carro prata atingisse em cheio a traseira de seu veículo.

O impacto fez com que sua cabeça batesse violentamente no volante e seu nariz começasse a sangrar. Mesmo com o carro danificado, continuou dirigindo e o sinistro carro prata continuou a persegui-la. Decidiu acelerar, mas seu perseguidor também acelerou, colado em sua traseira. Ela virou em uma rua estreita qualquer, a fim de tentar despistá-lo, mas o carro a seguiu. Finalmente o carro prata se emparelhou a ela, e Alice pôde finalmente vislumbrar o motorista. Tratava-se de uma mulher de cabelos negros e olhos azuis, de pele muito clara, que lhe era familiar de alguma forma. Enquanto a vampira vasculhava a memória em busca de maiores detalhes sobre sua perseguidora, a mulher jogou o carro contra o dela, que estava em grande velocidade, e, devido à sua falta de prática, Alice não conseguiu controlar seu veículo e acabou se chocando contra um poste, o que destruiu a parte dianteira do automóvel. Ela sofreu alguns ferimentos, mas nada que seu fator de cura não resolvesse rapidamente. O carro prata fazia um retorno para novamente atingi-la, o que a fez decidir sair rapidamente de dentro do veículo. Mal saltara para fora quando o carro de Carol foi novamente atingido pelo carro prata e sua misteriosa ocupante, destruindo o lado do motorista, onde ela estivera instantes antes.

Ao ver o estado do carro da amiga, ela exclamou para sim mesma:

– Caralho, a Carol vai me matar!

O carro prata novamente fazia um retorno e agora vinha para cima dela, que estava a pé e, teoricamente, desprotegida. O que fazer? Tentar fugir correndo? Com sua velocidade vampírica, isso não seria impossível, mas Alice já estava farta de ficar na defensiva e resolveu contra-atacar. Esperou que o veículo viesse novamente pra cima dela e, no momento exato, saltou para o teto do carro, agarrando a condutora do veículo e puxando-a para fora do automóvel. Tratava-se de uma humana. Entretanto, não uma humana comum, como seu odor revelava, mas Alice não conseguia precisar qual era sua verdadeira origem. Tampouco a estranha mulher era indefesa, pois assim que Alice a susteve, esta sacou um spray de pimenta e atingiu os olhos de Alice. Entretanto, não era pimenta que havia no frasco. Parecia água, mas estranhamente, o líquido fez os olhos da vampira arderem e, ao levar as mãos ao rosto, ela acabou largando sua oponente, que saltou para o chão ágil e graciosamente, enquanto o carro desgovernado se chocava contra um muro, levando a vampira junto. Alice caiu pesadamente no chão e sentiu muitos ossos se partirem, e o pouquíssimo tempo que levou para se pôr novamente em pé foi suficiente para que sua inimiga a alcançasse, e, com uma estaca na mão, tentasse atingir seu coração. A vampira conseguiu rolar para o lado, a tempo de evitar o golpe fatal, mas sua adversária logo a alcançou novamente, erguendo a estaca outra vez. Porém Alice conseguiu segurar a mão da mulher e, por uma fração de segundo, conseguiu mirá-la nos olhos e um lampejo de reconhecimento atravessou sua mente.

– Sara Dornelles? – questionou, enquanto dava um salto para trás, afastando-se da agressora.

– Ah, então se lembra de mim?! – retrucou a mulher, com escárnio.

– Você... É mãe de Tiago.

– Sim, e vou matá-la, assim como fez com meu filho! – dizendo isso, ela avançou novamente contra Alice, que deu um salto para trás e se empoleirou em um muro próximo.

– Calma, Sara, o que houve com Tiago foi um acidente... Eu estava fora de mim, não queria matá-lo... Eu o amava também...

– Não ouse pronunciar o nome de meu filho! Você não somente o matou, como ainda desapareceu com seu corpo, não me dando nem mesmo a chance de dar a ele um enterro decente!

– Não fui eu quem deu fim ao corpo dele... Foi um amigo meu...

– Dane-se quem o fez! O que importa é que você foi a responsável por isso e eu terei minha vingança! – dizendo isso, Sara jogou uma corda sobre Alice, laçando-a. Na ponta da corda havia um rosário, o que impedia que Alice fugisse.

Sara puxou a vampira para perto de si, enquanto esbravejava:

– Vê, criatura do inferno, os objetos sagrados a enfraquecem e acorrentam, posso ser apenas uma humana agora, mas já vivi milhares de anos e posso dar cabo facilmente de uma reles, vil e inferior criatura como você!

– Sara, sei que você renunciou à sua imortalidade e a seus poderes por amor a Mateus. Tente pensar nele e em Jorge, seu outro filho, e continue, por eles.

– Cale-se! Eu viverei sim pelo meu marido e meu filho, mas você queimará no fogo do inferno pela eternidade! – dizendo isso, Sara erguia novamente a estaca acima de sua cabeça, pronta para enfiá-la no peito da vampira.

Entretanto, antes que Alice conseguisse captar ou até mesmo Sara, uma criatura extremamente rápida se aproximou das duas e arrancou a cabeça da antiga jinni com suas próprias mãos. O corpo da humana desabou no chão, bem ao lado de Alice, que agora encarava boquiaberta, e com o coração aos pulos, os olhos vermelhos de seu salvador, bem como sua pele morena e também suas imensas asas cinzentas. Jogando a cabeça da mulher para longe, ele ofereceu a mão para Alice, ajudando-a a se levantar, enquanto se apresentava:

– Olá, menina Layil. Sou Batharyal.

Capítulo 23

— O que você fez com meu carro?! – vociferou Carol, assim que entrou no apartamento e encontrou Alice esparramada no sofá.

— A culpa não foi dela – respondeu o estranho visitante, o qual Carol ignorara a presença, tão exaltada estava com o estado que seu carro se encontrava na garagem do prédio.

Ao perceber que o estranho se tratava de um jinni, um anjo caído, ela se curvou e se desculpou:

— Queria me perdoar, senhor. Mas fiquei muito chocada com o que houve com meu carro.

— Alice foi atacada pela mãe de Tiago, Sara, uma ex-jinni, que abdicou de sua imortalidade e seus poderes para viver junto a um humano e constituir uma família. É de se entender tamanha revolta ao descobrir que Alice matou seu filho.

— Uau, isso que eu chamo de uma "sogra de matar", hein? – caçoou Carol.

— Bem, como vejo que agora está em boas mãos, Alice, vou me retirar. Nós nos vemos amanhã, então?

— Sim, Batharyal, obrigada.

— Ah, e quanto a você, Karolayne, não se preocupe, seu carro será reposto por mim.

— Obrigada, senhor, mas pode me chamar de Carol.

— E você pode me chamar de Batharyal.

Carol apenas assentiu com a cabeça e o jinni foi embora. Assim que ele se retirou, ela se sentou ao lado da amiga e exclamou:

– Uau! Você tem um tino para se meter em encrencas, hein? Mas ao menos sempre se livra delas com classe – concluiu, rindo.

– Você acha graça porque não estava lá. A coisa foi feia. Ela estava fortemente armada, sabia muito bem o que estava fazendo. Ela me atacou com água benta, um rosário e uma estaca. Mulher louca. Aliás, eu nem sabia que essas coisas realmente nos afetavam, achei que fossem lendas.

– Ora, Alice, somos servos do inferno, afinal, tudo o que é dos céus nos fere.

– Então não podemos entrar em Igrejas e templos?

– Não, também em alguns cemitérios, pois todos esses locais são sagrados.

– Matar um padre, freira ou qualquer religioso nem pensar, então?

– Não. O sangue deles nos intoxica.

– Bom saber.

– Mas me diga, que história foi essa de ele dizer: Até amanhã?

– Ah, ele estará na reunião do Victor, é ele a tal presença ilustre.

– Não sei se fico triste por você ter estragado a surpresa ou se fico orgulhosa por ter tido tão importante visita.

– Vi que o tratou com o maior respeito e cordialidade. Eles são nossos mestres, por acaso?

– Mais ou menos. Batharyal é um dissidente do inferno, um jinni, portanto não lhe devemos obediência, mas eu é que não sou boba de desrespeitar uma criatura que pode me destruir em um piscar de olhos.

– É mesmo. Ele matou Sara com um gesto.

– Ei, e como vocês vieram embora, já que você destruiu meu carro?

– Ora, voando.
– U-A-U!
Alice foi para o banheiro rindo da cara de pasmada de Carol, e após um bom e demorado banho, foi se deitar, pois a noite seguinte prometia.

***

Estava se arrumando para a reunião de Victor, quando a campainha soou. Foi atender e ficou surpresa ao se deparar com um dos bruxos do vampiro ancião, à sua porta, segurando uma imensa embalagem.
– Senhorita Alice?
– Sim.
– O senhor Batharyal ordenou que eu lhe entregasse isso, dando orientações expressas para que a senhorita o use na noite de hoje. Também ordenou que eu a aguardasse para escoltá-la pessoalmente até o templo de Lilith.

A vampira agradeceu e, ao retornar para o quarto de Carol, onde as duas se arrumavam, a amiga comentou:
– Não acredito que Batharyal lhe mandou um presente! Tá podendo, hein?
– Aff, é impossível se ter privacidade morando com uma vampira, né?
– Ah, largue mão de ser xarope e abra logo esse pacote!

Obedecendo à amiga, ela abriu o pacote e Carol quase desmaiou ao ver o conteúdo da caixa:
– Meu Deus! É aquele vestido desenhado pelo estilista Faiyzali Abdullah, o Nightingale of Kuala Lumpur! Ele é feito de tafetá, cetim, chiffon e seda, e incrustado com diamantes em forma de pera, de 70 quilates; e 751 cristais Swarovski!
– Poxa, pelo jeito você o conhece bem, hein?
– Menina, esse vestido é o mais caro do mundo!!! Custa em torno de 30 milhões de dólares! É o sonho de qualquer mortal ou imortal! E ainda é vermelho, em formato A, chique e sexy ao mesmo tempo, perfeito para uma vampira! Ai, amiga, sério, estou roxa de inveja agora!

— E veja, tem um sapato junto.

— Ah não, para! E o sapato é um Manolo Blahnik! Uma réplica perfeita do usado pela Bella no filme *Amanhecer* da Saga Crepúsculo!

— Carol, você está parecendo a Alice da tal saga, aliás, fissurada em moda.

— Menina, Alice é minha personagem preferida em toda a saga! Super me identifico!

— Eu achei que os vampiros odiassem essa série.

— Que nada, nós amamos! Apesar dos erros grotescos, ela nos colocou em evidência, hoje não há nada mais *in* que ser vampiro! Eu li todos os livros e assisti às estreias dos filmes!

— Certo, crepusculete, que tal você me ajudar a me arrumar então?

— Será que alguém vai perceber se eu matar você e me apropriar desses presentes?

— Acho que não. Só um anjo caído e mais uns 500 vampiros...

— Deixa para lá, então. Posso viver sem esse vestido e esse sapato.

As duas riram e Carol emendou:

— Ei, será que eles são um presente ou um empréstimo? Se forem um presente, você pode emprestá-los para mim um dia desses...

— Claro, se Batharyal não se importar.

— Hum... Sinto um certo clima rolando?

— Deixe de ser boba, Carol. Não tem clima nenhum rolando.

— Sei. Quero só ver o que o João Edu vai achar disso tudo. O cara salva sua vida e em seguida lhe presenteia com o vestido mais caro do mundo...

— Eu não estou à venda, Carol.

— Ui! Bom, diga para o Batharyal que, se acaso lhe interessar, eu estou, tá?

Alice gargalhou, era impossível não rir das besteiras que Carol dizia.

– Mas onde ele terá conseguido isso tudo? – indagou-se a vampira mais jovem.

– Ora, então não sabe que Batharyal é o maior ladrão de todos os tempos?

– Não, não sabia não.

– É, entre o salvamento de uma bela mocinha indefesa e outro, ele se ocupa fazendo pequenos furtos, incluindo alguns itens celestiais e infernais...

– Sério?

– Ninguém sabe como ele consegue ter acesso tão facilitado tanto no céu quanto no inferno; o certo é que até hoje não inventaram lugar que ele não consiga invadir.

– Cara interessante esse Batharyal...

– Hum... Terá ele roubado seu coração?

– Carol, pare de encher e vá se arrumar de uma vez! – ordenou Alice, rindo.

– Ok, ok.

Ao descerem até a entrada do prédio, se depararam com uma luxuosa limusine estacionada próxima à portaria e o mesmo bruxo que havia entregue o presente de Alice abriu a porta para que elas entrassem.

Parecia incrivelmente surreal para Alice ir à festa de Victor em uma limusine, mesmo estando naquele vestido e usando aqueles sapatos, os luxuosos itens com os quais Batharyal a havia presenteado.

– Tô é morta! – ela ouviu Carol dizer, e caiu na risada junto com ela.

– Acho que eu também estou – disse. – Batharyal não para de nos surpreender.

– Pois é – Carol anuiu. – Além de lindo, gostoso e superpoderoso, ainda é um gentleman.

As duas estavam rindo quando sentiram a limusine começar a se locomover. Alice sabia que agora era apenas uma questão de tempo até se reunirem novamente ao vampiro em sua festa de gala e todas as surpresas que ele lhes reservara. Ansiosa, tinha a sensação de conter mil borboletas em seu estômago. Ela jamais tinha ido a uma festa como a daquela noite. E era exatamente não saber com o que se depararia durante o evento que a estava deixando nervosa e inquieta.

– Está tudo bem? – Carol lhe perguntou.

– Sim – respondeu. E então, encarando seus olhos pretos e brilhantes, semelhantes a dois lagos de ébano, prosseguiu: – Sou só eu ou você também está um pouco nervosa com a festa?

– Ah, então é isso – Carol replicou –, eu esqueci que essa era sua primeira vez em um evento de grande magnitude como esse. Mas olhe, a dica que eu te dou é: relaxe. Relaxe e tente parecer o mais calma e natural possível. Você é linda e envolvente, o que já ajuda bastante. O resto é só uma questão de vivência e traquejo que virá, naturalmente, com o tempo. Você vai ver.

– Então, devo entender que você já foi a muitas festas e eventos assim?

– Ah, com certeza – a vampira respondeu sem pestanejar. – Já nem faço ideia da quantidade de festas, banquetes, jantares com políticos importantes que eu fui. Somos criaturas da noite, meu bem. Nossa condição requer seguirmos certos protocolos infernais, tais como os que citei. Logo, se seu mentor diz que vai agendar uma reunião com um político de Brasília e que você será a distração e, muito possivelmente a sobremesa, você não discute os pormenores da questão com ele. Você simplesmente veste sua lingerie mais sexy e bota literalmente para foder com o sujeito.

Alice revirou os olhos e tentou imaginar-se agindo como uma garota de programa para um político de Brasília. Ela sempre teve aversão, asco da palavra político, por tudo o que vinha junto com seu significado. De forma que, agora que Carol mencionara que transar com políticos poderia fazer parte de suas obrigações como vampira, uma sensação estranha e de nojo assomou-se sobre ela. Então, balançando a cabeça para afastar aquela impressão, ela voltou-se para a amiga.

– Então... Você já saiu com muitos políticos?

– Eu costumava ter aversão por eles a princípio, sabe? – desabafou ela. – Mas também, quem é que não tem, né? Me fale alguém que você conheça que morra de paixão por essa corja desonesta e mesquinha.

Quando Alice não respondeu, limitando-se a apenas balançar a cabeça negativamente, a vampira comentou:

– É, foi o que eu pensei. Porém, vejamos uma coisa: nós não somos mais humanas. Tais assuntos e pormenores da vida cotidiana humana já não nos concernem mais. Precisamos nos focar no que realmente interessa aqui...

– Nossa sobrevivência – concluiu Alice.

– Exatamente – a vampira concordou. – Nossa sobrevivência. Portanto, e tendo essa nova mentalidade como base para minhas ações desde que me tornei uma vampira, eu consegui conquistar tudo o que tenho hoje, minha querida. Abrir minha cabeça ou ampliar meus horizontes nesse sentido me fez enxergar o mundo de uma outra forma. De um modo como eu nunca o tinha visto antes.

– E como foi que você conseguiu fazer isso? – indagou Alice, os olhos brilhando de curiosidade.

– Eu meio que me desliguei de tudo o que me impedia de crescer antes. De conquistar tudo o que tenho direito nesse mundo.

– Você está soando muito semelhante ao Victor. A toda aquela ideologia do clã dele com a qual tentou nos atrair durante a reunião.

– É porque nós realmente pensamos de forma parecida – respondeu ela. – Como acredito que você também acabará chegando à mesma conclusão.

– Que é?

– Muito do que nos define como humanos é nossa forma de pensar, Alice. A forma como agimos para tentar realizar nossos objetivos. Ok, isso pode até fazer algum sentido quando se é humano e jogando de acordo tais regras, moralidade, enfim...

– Sei... – disse, erguendo uma sobrancelha para a outra vampira.

– Não, pode abaixar essa sobrancelha, gata – pediu Carol. – Você já vai entender do que estou falando quando eu concluir meu raciocínio.

– Estou ouvindo.

– Bem, como eu estava dizendo, uma vez que você não é mais humano, não faz o menor sentido continuar jogando de acordo com suas regras estúpidas, cujas leis normalmente só favorecem os poderosos, não dando liberdade para toda a sociedade crescer por igual.

– Isso é verdade – Alice foi obrigada a concordar. Realmente havia mesmo muita coisa errada com a mentalidade humana. Cujas leis arcaicas e protecionistas com relação aos poderosos acabavam relegando aos mais fracos, ou menos abastados, apenas a periferia da sua sociedade, onde constantemente seus direitos como cidadãos eram negados. – Nisso você está absolutamente certa.

– Eu sei, minha vida como humana era praticamente um inferno – disse Carol. – Ser transformada em uma criatura da noite foi a melhor coisa que poderia ter me acontecido. Graças a isso, pude me vingar um pouco de todas as mazelas a que essa sociedade corrupta me sujeitou.

– Então, o que você está querendo dizer é que, uma vez transformados em criaturas da noite, devemos nos rebelar contra os humanos? Ir contra tudo o que eles pensam?

– Ora, não precisamos necessariamente nos rebelar contra eles – explicou a vampira. – Só estou dizendo que não faz mais sentido para nós, criaturas da noite que somos, jogar de acordo com as regras mesquinhas dos humanos, cujos princípios servem apenas para podar tanto o nosso crescimento pessoal quanto o material. Se você realmente quiser ser alguém nessa nova vida, minha cara, se quiser ter um futuro, então aprenda a jogar de acordo com suas próprias regras. Pois ninguém é exatamente tão bom que não possamos duvidar de sua moral e de seus costumes. É preciso aprender a olhar para as coisas sob todas as perspectivas possíveis a fim de enxergar o quadro como um todo; analisar todas as suas nuances e pormenores. Só então você estará realmente pronta para lidar com esse mundo ao qual pertencemos.

– Entendi, e acho que talvez concorde com muita coisa do que você disse.

Carol abriu um sorriso de satisfação em ouvir sua resposta, e então falou:

– Eu sabia que você era uma garota muito inteligente. Do contrário, eu não teria te convidado para morar comigo. Eu definitivamente não tenho paciência para gente burra – ela revirou os olhos e Alice riu.

– Nem eu, minha cara – disse –, nem eu.

Capítulo 24

Alice causou o maior furor ao chegar à festa vestida daquela maneira. Não houve uma só criatura, mortal ou imortal, que não tenha interrompido suas atividades para admirá-la. Um orgulho cresceu em seu peito e ela adentrou o recinto sorrindo e cumprimentando a todos.

Victor, que trajava um elegante fraque preto com caimento impecável, veio recepcioná-las, e ela percebeu que o vampiro a analisava da cabeça aos pés.

– Alice, você está deslumbrante! Uma verdadeira princesa vampira! – elogiou ele, beijando-lhe a mão direita.

– Obrigada.

Virando-se para Carol, ele complementou:

– Você também está encantadora, minha cara.

– Gentileza sua, Victor.

– Acompanhem-me, por favor! – pediu ele, pondo-se em movimento imediatamente e conduzindo-as em direção à mesa que estava reservada para elas.

Alice não pôde deixar de notar que a decoração do salão da boate estava impecável, com as mesas muito bem dispostas e arrumadas, onde, sobre os tampos, cobertos com lindas toalhas brancas e com acabamento de bordados, pequenos buquês de flores davam o toque final.

– Gostei da decoração, Victor – disse Carol.

– Muito gentil de sua parte. Obrigado.

— Eu também gostei – falou Alice.

— Nesse caso, que bom que gostaram, meninas! – disse ele, no momento em que chegaram à mesa e o vampiro fez questão de puxar suas cadeiras para que se sentassem. – Fiquem à vontade.

— Obrigada!
— Desejam beber alguma coisa?
— Um champanhe, por favor – disse Carol.
— Eu aceito também.

Victor chamou o garçom e as vampiras serviram-se de uma taça de champanhe, cada. Alice tomou o primeiro gole, o que a fez tentar lembrar-se quando havia sido a última vez em que havia tomado aquela bebida. No fim de ano, talvez?

— Humm, delicioso! – elogiou.
— E o que me dizem sobre seu chofer de hoje?
— Oh, ele foi muito educado e prestativo, Victor.
— Venham comigo – pediu ele –, quero lhes apresentar meu clã de bruxos.

As vampiras o acompanharam até uma mesa próxima ao canto leste da sala, onde um grupo de cinco pessoas, entre homens e mulheres, estava sentado. Quando o notaram aproximando-se, todos, sem exceção, levantaram-se.

— Esse é o clã dos Devereux. Eles descendem de uma antiga linhagem de bruxos franceses. Há muito tempo, auxiliam na proteção e realizam trabalhos em prol de nosso clã. Trata-se de uma parceria com benefícios mútuos para ambos os lados. E este – disse ele, indicando o bruxo que as conduzira até a festa – é Alex, meu mais fiel servo.

Em resposta, o bruxo apenas assentiu educadamente, voltando a sentar-se em seguida, bem como o resto de sua família. Alice e Carol repetiram o gesto bem no momento em que um grupo de humanos entrou na sala e capturou imediatamente a atenção das duas.

— E quem são esses agora? – indagou Carol, curiosa.

Capítulo 24

– Ora – disse Victor sorrindo maliciosamente –, eles são nosso jantar.

Imediatamente Alice lembrou-se do dia em que estivera no templo de Lilith. Dos humanos que estavam lá, oferecendo-se como refeição para os vampiros do clã de Victor, tal como, aparentemente, esses humanos também estavam agora.

– É sério mesmo? – indagou Carol. – Eles estão hipnotizados?

– Não minha cara, não é necessário. Eles o fazem por prazer.

– Vão em frente. Chamem um deles até aqui e bebam seu sangue.

Os humanos, todos jovens, aparentando ter pouco mais de vinte anos, eram todos muito belos tanto de corpo quanto de rosto, e usavam apenas sungas, no caso dos rapazes, e biquínis, no caso das moças. Alice chamou um deles, um rapaz loiro usando um corte reto, e cujas madeixas lhe caíam até um pouco acima dos ombros e, quando ele se aproximou, elas o analisaram de todos os ângulos antes de atacarem seu pescoço e punho simultaneamente.

Alice podia sentir os olhos de Victor observando-as banquetearem-se do sangue do rapaz. Em sua mão direita, o vampiro tinha um cálice dourado, cravejado de joias, no qual bebia um vinho de um profundo tom bordô. Olhando em volta, ela reparou que todos os vampiros estavam se alimentando dos humanos, bebendo sangue diretamente da fonte, quente e suculento. E foi então que ela sentiu algo estranho e afastou as presas do pescoço do jovem.

– O que foi isso? – indagou ela.

– Você também sentiu? – Carol já estava perscrutando em todas as direções, intrigada com tantas assinaturas de energia poderosas.

– Essas assinaturas de energia...

– São de íncubos e súcubos, dezenas deles. E também de um anjo caído, conhecido nosso, Batharyal.

Capítulo 25

Havia uma extensa mesa, localizada bem diante da fonte e da estátua de Lilith, cujos assentos foram sendo ocupados, um a um, por íncubos e súcubos, criaturas belíssimas, vindas das mais variadas partes do mundo. Todos os vampiros voltaram sua atenção aos ilustres convidados que tomavam seus lugares, até que o mais importante deles chegou e se assentou na cadeira central, tendo Victor ao seu lado direito: Batharyal.

Alice identificou, entre os íncubos, Sebastian, que as cumprimentou com um aceno discreto e Carol indicou-lhe uma linda morena de cabelos encaracolados que estava ao lado dele, dizendo:

– Vê? Aquela é Selena.

Alice passou a analisar a morena cuidadosamente. Ela era estonteante. Curvilínea, de lábios grossos e sensuais, sobrancelhas e cílios muito espessos, seus olhos eram cor de mel e ela usava um lindíssimo vestido azul de cetim, com um decote profundo que salientava magistralmente seus lindos e exuberantes seios.

Victor se pôs em pé e pronunciou:

– Amigos! Sei que ele dispensa apresentações, pois sua lenda é conhecida por todos nós, por isso, deixarei que Batharyal, o rei dos ladrões, vos fale.

O anjo caído tomou a palavra e, com uma voz firme e potente, iniciou seu discurso:

— Boa noite, filhos de Samael e Lilith, venho aqui esta noite, em nome de seus pais, que se encontram impossibilitados de aqui estar neste momento, pois estão envolvidos em uma situação muito delicada e urgente que requereu a atenção deles.

Um burburinho se espalhou diante dessa declaração, e surgiram exclamações de surpresa e assombro.

— Sei que sou famoso por não tomar partido nas questões entre o céu e o inferno, porém, desta vez, a situação requereu que eu me associasse a meu mestre Lúcifer e seus aliados. Durante milênios – continuou ele, fazendo o recinto novamente mergulhar em respeitoso silêncio, onde apenas sua voz se fazia ouvir – as forças do Bem e do Mal estiveram equilibradas, e por isso, vivemos relativamente em paz, em um período de trégua. Entretanto, agora, o céu conseguiu um grande trunfo, algo que, se não for combatido a tempo, poderá resultar em nossa aniquilação.

Novamente um burburinho crescente tomou conta da sala, com todos se indagando a respeito de que ameaça seria essa. Batharyal esboçou um sorriso, pois seu objetivo, que era encher o coração dos presentes de terror, estava sendo atingido.

— O céu, meus amigos, possui um nefilim.

Seguiram-se gritos. Algumas pessoas desmaiaram. Olhos arregalados e bocas escancaradas completavam o cenário de histeria e pânico total.

— Entretanto, temos um trunfo a nosso favor: Naamah, a terceira esposa de Lúcifer, conseguiu criar uma espada que pode matar anjos. E essa espada, meus amigos, encontra-se atualmente em meu poder: Ei-la – dizendo isso, ele levantou uma espada de metal, aparentemente comum.

— Sei o que estão pensando, esta parece uma espada comum – prosseguiu ele. – Mas ela contém um ingrediente raríssimo em sua composição: ela possui o sangue de um nefilim.

Capítulo 25

As criaturas da noite começaram a se acalmar com essa notícia e puseram-se a ouvir atentamente o discurso do anjo caído.

– Porém, para fabricar mais espadas, Naamah precisa do sangue do nefilim, que se encontra protegido pelos anjos. E essa, meus amigos, será nossa missão, sequestrar o bebê e sacrificá-lo, para usarmos seu sangue em nosso favor e impedir que os anjos criem, a partir dele, um exército capaz de nos aniquilar facilmente.

– Mas como nós vamos sequestrá-lo? Onde está escondido esse menino? – questionou um vampiro, que estava na plateia.

– Para isso, teremos que nos preparar, meus filhos, não será fácil, e não vou mentir. Provavelmente, muitos de nós pereceremos nessa missão. Mas temos que ter em mente que tudo isso será em função de um objetivo maior, que é garantir a sobrevivência de sua espécie, de sua forma de vida. Não é justo que os anjos, agora, se ufanem como donos da verdade e exterminem todos os que pensam diferentemente deles. Afinal de contas, vocês são fruto da relação de uma imortal com um anjo. Foram gerados, concebidos. Não são, acaso, então, obras do Criador? Vocês convivem há séculos com a humanidade, em uma simbiose perfeita, ajudando a manter essa corja sob controle, evitando que eles proliferem demais, consumindo e destruindo o planeta, ainda mais rápida e desordenadamente do que eles já fazem! Imaginem como seria a Terra, se as criaturas da noite, predadores naturais para os humanos, não existissem? Seria o caos, o planeta logo seria consumido e destruído por essas criaturas cada vez mais ávidas por poder e consumo. Vocês têm o direito de existir e, mais ainda, de resistir!

Bataryal foi ovacionado, com gritos e aplausos acalorados.

Victor assumiu a fala mais uma vez e declarou:

– Amigos, tempos negros virão e precisaremos nos preparar. É por isso que hoje recebemos líderes de todos os clãs que possuem vínculos com nosso país, a fim de selarmos parcerias e sociedades. Enquanto deliberamos, que se retomem as festividades!

Atendendo às ordens do ancião, a música eletrônica voltou a tomar conta do ambiente e a agitação tomou conta de todos os presentes, que pareciam dispostos a realmente aproveitar aquela noite, como se fosse a última de suas vidas. Os íncubos e súcubos se retiraram, rumando para a sala de Victor.

– Olá, meninas – era Rodrigo que se aproximava das duas vampiras, cumprimentando Alice com um beijo no rosto e Carol com um selinho.

– Quer dizer que vocês não são um casal então? – ironizou Alice, ao perceber que Rodrigo mantinha a mão na cintura da amiga, enlaçando-a.

– Ô, Alice, por que você não vai procurar seu boy magia e nos deixa em paz, hein?

– Tem razão. Ainda não vi João Eduardo. Vou procura-lo e já volto.

– Não tenha pressa! – dizendo isso, Carol agarrou Rodrigo e tacou-lhe um beijo, daqueles de deixar qualquer um, até mesmo um vampiro, sem fôlego. Percebendo que estava "sobrando", Alice decidiu seguir o conselho da amiga e procurar João Eduardo.

Passou pelo bar, onde se serviu de uma dose de dry martíni, e começou a procurar João Eduardo pelos escuros corredores da boate. Encontrou-o agarrado com Selena no dark room, no maior amasso, e sentiu seu coração apertar. Sentindo sua presença, ele desgrudou os lábios dos da súcubo e virou-se na direção dela.

– Alice?

A vampira não respondeu, saiu correndo, atropelando a todos que estavam em seu caminho, desejando apenas se afastar daquela cena lancinante. Lutava contra lágrimas idiotas que teimavam em escorrer pelo seu rosto. Estava com muita raiva de si mesma naquele momento.

– Ei! – as mãos de João Eduardo se fecharam em torno de sua cintura. – Por que está fugindo?

– Ah – respondeu Alice, virando-se para ele, não sem antes enxugar as lágrimas teimosas de seu rosto com o dorso da mão –, e você ainda pergunta?

– Alice, ela é minha criadora, temos um vínculo irresistível, inquebrável. Achei que você sabia.

– Como eu poderia saber disso, João? Meu criador me abandonou e simplesmente desapareceu, ninguém jamais teve notícias dele, o cara é um recluso, um estranho até para os nossos padrões!

– Oh, minha catita, não fale assim de mim.

Sentindo seu coração congelar, Alice se virou para encarar o dono daquela voz, alguém que ela ansiava jamais ver novamente, mas sua assinatura de energia era inconfundível e, de fato, era algo extremamente tóxico e envolvente a um só tempo. Encarou seus olhos vermelhos, seus cabelos claros, despenteados e suas roupas deliberadamente rebeldes. Mal conseguiu pronunciar o nome dele:

– Alejandro.

Sem raciocinar direito, avançou sobre seu criador, agarrando-o pelo pescoço, derrubando-o no chão, João Eduardo a tirou de cima do íncubo, acalmando-a:

– Calma, Alice, ele é seu criador, você tem de respeitá-lo.

– Sim, Alice, o vampiro está certo, você me deve respeito. Além disso, trouxe-lhe um presente de reconciliação.

– Eu não quero nada de você, seu canalha!

– Não mesmo? – disse ele, com um sorriso jocoso. – Há alguns meses, você o queria tanto...

Dizendo isso, ele fez sinal para que um rapaz se aproximasse de onde eles estavam, permitindo que a luz iluminasse seu rosto e que a vampira pudesse reconhecê-lo. Não podia acreditar no que seus olhos viam. Aqueles cabelos castanhos, aqueles olhos doces, aquela expressão suave... Não podia ser! Incrédula, ela balbuciou:

– Carlos!

Lutou então para se desvencilhar de João Eduardo e correu para os braços de Carlos, que a acolheu amorosamente. Seu abraço, entretanto, não tinha o calor de outrora, e sua pele agora era pálida e sem vida. Afastando-se, chocada, a garota pronunciou:

– Carlos! Oh, meu Deus! Você é um vampiro!